2018
诗歌年选

张清华　王士强　编

序

"总体性"是人类的一个怪癖。人们总是希望通过某种方式,来假设、虚拟或建构一个总集、总和或者总括性的文本,以构成一种"言说的"或者"沉默的"叙事。孔夫子通过编订《诗经》,将他那个时期的诗歌总体化了,他变成了我们文学的祖宗;钟嵘通过将诗歌区格为二十四品类,而将诗歌的美学种类和层级总体化了。显而易见,总体化既是一种描述策略,同时也构成了一种权力。"年选"没有上述所说的总体性这么浓重的权力色彩,但某种程度上也是一种总体化的尝试,也是一种权力的实现形式。

从这个意义上,我们就要对它有足够的警惕,要保持对这一行为的反思能力。新历史主义理论家海登·怀特说过,任何事例在进入了历史叙事或者其架构中,都会变成一个"扩展了的隐喻"。那么这样的选集,也同样会成为一个虚拟,它的代表性究竟几何,是否就可以成为一种证明,可以不容置疑地作为过去一年诗歌生产的报告样本?而其中的每一首诗是否有足够的理由作为例证存在?

我们当然很难回答这问题。可以肯定的是,任何一个选本都会不可避免地带有个人的趣味与好恶,都有其难以克服的局限性。因此,在生出这个选本的过程中,作为编选者的我们有着强烈的犹疑和不确切感,是正常的。

截止2018年,关于"新诗百年"的话题似乎要告一段落了。从胡适写下《尝试集》中最初的几首,到今年,新诗的历史确乎已有了百岁之长。一百岁,意味着人生的圆满,意味着孩童变为期颐，意味着经历一生后的退场乃至消失，但对于诗歌来说，则是一个相对短暂的过程。一种语言得以从幼稚和生涩走向成熟，一种未完成——或许永远不会完成、也无须完成的形式，还未最终建构起来，人们对于新诗还有这样那样的拒斥，但不管怎么说，新诗已经有了某些成形的东西，比如已经有了非常复杂的表意系统，有了相当丰富的美感经验与思想能力，等等，这些都使得百年的节点更加显得重要和富有内涵。

显然，无论是在观念或是艺术层面，当今的诗歌确乎已来到了王纲解纽、万花盛放的时代。诗人的足迹远届八方，作品也是五花八门争奇斗艳，可谓杂乱无章而又生气勃勃——或者也可以反过来说，生气勃勃而又杂乱无章。价值观念的颉颃、艺术趣味的龃龉无处不在、无时不有。这种状况在有些人看来或是无序的表现，但在我们看来，则同时也是活力的所在。所谓的生态效应，在自然界和诗歌中是相似的，没有自在和丰富的元素，没有竞争和选择，便没有所谓的繁荣。

所谓的成熟——当然是相对的——是一个过程，不存在终极意义上的成熟，艺术的历史从来就是在嬗变之中。看看如今的诗歌文本，我们没有理由漠视他们在笔法上的多姿与老道，在形式方面的多样与新鲜，与多年前相比，今天的一个稍微训练有素的写作者，也比过去的大诗人更显得武装到牙齿，他们在技艺上有足够的玩意，所缺少的，仅仅是作为大诗人的精神与气度，还有那些可遇而不可求的人格境地。

若是要做一些概括，那么在文明看来，近年中值得注意的取向，便是诗歌中本土性和现实性的因素在持续增强，诗歌更为靠近此时此地的中国，诗人与脚下的土地、身边的现实、与个体的经历有了更密切的关联，这样的写作更具生活实感和时代特征，同时也是更具有了"中国性"。苦难、疼痛、时代、现实的遭逢，讲述着惊心动魄而又感人至深的故事。

另外的一些诗人则延续着"语言的炼金术士"的使命，他们在"窄门"里工作，却使现代汉语内部的弹性、可能性得到了勾连、延伸、释放，语言在寻常日用之外具有了另外的品格、风韵与幻象。其诗歌语言的陌生化和修辞的繁复性时常为人诟病，但不可否认，"现代"以来，诗歌愈益小众的诗学，正是立足于展现汉语诗性的最大可能和极致景深，或许在该本集子中，读者会隐约看到某些孤独拓进、一马当先甚或一骑绝尘的身影。

还有一种更为生活化、更为平易的"口语诗"写作取向。它们在近年风生水起，在诗的"江湖"上也毁誉参半、褒贬不一。口语诗所包含的自由与活力、祛魅与民主化等特质无疑具有历史进步意义，在更长的历史时段中来看口语诗或许还处于成长和上升的阶段，其内部的可能性还原未得到释放。但在现实中也同样因其日常性、低准入特征，而具有鱼龙混杂的泡沫化趋向，口语诗写作中的段子化、反智化、口水化以及由"唯我独诗"而带来的独断化趋向，亦值得警惕。

本集所选诗歌，自然并非只有如上三类，这里只是一个简略的提示，这三种流向也不是这一两年来的格局，而是近十几年中一直相对稳定的一个架构。从这个角度看，或许它是有合理性的，或至少是有现实性的。

诗人创作群体的代际转移问题，或许也同样值得注意。虽然50后、60后诗人们仍保持着良好的创作势头，但最有活力、最具创造性的群体无疑已在向着70后、80后甚至90后群体转移。如此，新的价值观念、新的诗歌美学也必在成长和孕育之中，通过这样的"渐变"，逐步累积或可产生巨变，实现某种重要的"转型"或"革命"，这无疑也是值得期待的。

网络时代，诗歌发表、传播的媒介也在发生变化，公开刊物、民间刊物的重要性不能说已经下降，但就其便捷性、覆盖面、影响力来讲网络媒介无疑有着显然的优势，日常的诗歌阅读中对大多数人而言网络媒介恐怕都已超过纸质媒介。传统的诗歌发表重镇《诗刊》主动拥抱互联网，其微信公众号已逾四十万订阅数，中国作协旗下的"中国诗歌网"2015年创办，至今已有注册会员十八万人，日均访问人数三十万,日均访问页面数最高达五百万。在诗歌"生产力"的释放、扩大诗歌的影响、培养诗歌读者等方面,网络的作用是巨大的。微信公众号、网站、APP,乃至个人的微信、微博、博客在近年的诗歌阅读中发挥了更为重要的作用。一定意义上,各种诗歌媒介之间并不是互相取代和竞争的关系,而是彼此互补、合作的。公开刊物、民间刊物自然各有其优长和作用,不可替代,我们一如既往地进行关注和跟读,而同时,读者也可看到,这本集子中包含了更多选自网络媒介的诗歌,这与近年来诗歌阅读、接受方面的新变化大概也是相一致的。

感谢朋友们对我们这项工作的期待与支持。我们所能接触到、阅读到的作品只是当前诗歌总量中的一小部分,难免有关键性的遗漏。我们只能在有限的时间和目力所及的范围之内,依循我们的趣味和标准做出选择。这对于所有选本而言,也许情形都是一样的,亦无须有特别的忧虑,因为最终还有"时间"这个最为公正的裁判,它不会因哪一个选本的遗漏,而错过真正的珠贝与宝石。

目 录

序 ·· 001
阿　毛
　　愉景渡 ·· 001
　　紫阳湖长廊记 ·· 001
阿　翔
　　立夏诗 ·· 003
　　变形诗 ·· 004
阿卓务林
　　耳朵里的天堂 ·· 006
　　光芒 ·· 007
爱　松
　　爨龙颜碑 ·· 008
　　金沙江 ·· 009
安　琪
　　星丛（节选） ·· 011
白爱青
　　我想你了 ·· 015
白　海
　　清明雨 ·· 016
白　玛
　　这都是天生的 ·· 017
　　古老的歌谣 ··· 017
白庆国
　　盯住 ·· 019

橙黄色的花朵……………………………………… 020
包临轩
　　冬至的太阳……………………………………… 021
曹玉霞
　　春天的事物……………………………………… 023
辰　水
　　祖父的偏旁……………………………………… 024
　　另一种光………………………………………… 025
沉　河
　　天命之诗………………………………………… 027
　　被闪电照亮的人………………………………… 028
陈巨飞
　　匡冲……………………………………………… 029
　　慢火车…………………………………………… 030
陈　亮
　　木头……………………………………………… 032
　　神………………………………………………… 033
陈人杰
　　月亮的邮戳……………………………………… 034
　　芨芨草…………………………………………… 034
陈先发
　　群树婆娑………………………………………… 035
　　箜篌颂…………………………………………… 036
池凌云
　　在泰顺，看一个人制作陶艺…………………… 037
　　那棵树…………………………………………… 038
　　过玻璃桥………………………………………… 038
大　解
　　赴罗平途中，看见风车………………………… 040
　　画手表…………………………………………… 040
灯　灯
　　燕山下…………………………………………… 042
　　石头……………………………………………… 042

目录

邓朝晖
　　蔡伦竹海 …… 044
　　麦浪 …… 045

钓逸大师
　　我生命中接受的第一记耳光 …… 046

董喜阳
　　绷紧的雾水 …… 048
　　灯光下的信 …… 048

杜绿绿
　　我看见未来 …… 050

段光安
　　闹市沙漠 …… 055
　　躁动的碑林 …… 056

方石英
　　梅花开了 …… 057
　　有时候 …… 057

风　言
　　青海青，黄河黄 …… 058

冯　娜
　　赝品博物馆 …… 060
　　短歌 …… 061

符　力
　　天问 …… 062
　　邻居 …… 062

龚学敏
　　在昆明闻一多殉难处读《死水》 …… 064
　　在天水访东柯草堂 …… 065

孤　城
　　夜漫漫 …… 067
　　等待一根火柴的救赎 …… 067

韩文戈
　　复活 …… 069
　　活着是一件神奇的事 …… 069

幻象 …………………………………… 070
韩宗宝
　　雏菊 …………………………………… 072
　　童年之诗 ……………………………… 073
何向阳
　　走在沙堆起的彼岸 …………………… 075
　　秘密 …………………………………… 076
何晓坤
　　多依河畔的树 ………………………… 078
何永飞
　　老树根 ………………………………… 079
　　滇西,灵魂的道场 …………………… 079
横行胭脂
　　十月 …………………………………… 081
　　看病记 ………………………………… 082
　　长安城 ………………………………… 083
侯　马
　　积水潭 ………………………………… 084
　　蝉 ……………………………………… 084
华　清
　　空白 …………………………………… 086
　　冰海沉船 ……………………………… 086
　　岁暮 …………………………………… 087
黄　梵
　　筷子 …………………………………… 088
黄礼孩
　　我爱它的沉默无名 …………………… 090
　　正午的花园 …………………………… 091
霍俊明
　　灵光寺闻礼忏声 ……………………… 092
　　仿佛大病初愈 ………………………… 092
吉狄马加
　　感恩大地 ……………………………… 094

听送魂经 …… 095
见　君
　　神秘的树林 …… 096
　　无人说话 …… 097
江　汀
　　在北京，每天拂去身上的灰尘 …… 098
　　我曾身处那模糊的街巷间 …… 098
江　雪
　　诸神的语法 …… 100
　　春的秘密 …… 101
　　冬日抄 …… 101
江一苇
　　打草惊蛇 …… 103
敬丹樱
　　冬至 …… 105
　　火车窗外的白鹤 …… 105
君　儿
　　地球柳 …… 107
　　小人书 …… 107
孔令剑
　　零点 …… 109
　　形象：破碎与完整 …… 110
蓝格子
　　山林之诗 …… 111
　　一只干枯的松塔 …… 112
蓝　野
　　处女作 …… 113
　　南涧村小 …… 114
蓝　紫
　　与君别 …… 115
　　演奏者 …… 115
老　四
　　衡阳记 …… 117

滚动的都是美好的⋯⋯⋯⋯⋯⋯⋯⋯⋯⋯⋯⋯⋯⋯⋯⋯　117
雷晓宇
　　　致女儿⋯⋯⋯⋯⋯⋯⋯⋯⋯⋯⋯⋯⋯⋯⋯⋯⋯⋯⋯⋯⋯　119
李成恩
　　　桃花潭水⋯⋯⋯⋯⋯⋯⋯⋯⋯⋯⋯⋯⋯⋯⋯⋯⋯⋯⋯　120
　　　朱砂⋯⋯⋯⋯⋯⋯⋯⋯⋯⋯⋯⋯⋯⋯⋯⋯⋯⋯⋯⋯⋯　121
李　东
　　　云海之上⋯⋯⋯⋯⋯⋯⋯⋯⋯⋯⋯⋯⋯⋯⋯⋯⋯⋯⋯　123
　　　洱海之夜⋯⋯⋯⋯⋯⋯⋯⋯⋯⋯⋯⋯⋯⋯⋯⋯⋯⋯⋯　123
李　浩
　　　博弈⋯⋯⋯⋯⋯⋯⋯⋯⋯⋯⋯⋯⋯⋯⋯⋯⋯⋯⋯⋯⋯　125
　　　与臧棣、谷禾、路云游洞庭湖，遇见行星⋯⋯⋯⋯　125
李　瑾
　　　庸常之爱⋯⋯⋯⋯⋯⋯⋯⋯⋯⋯⋯⋯⋯⋯⋯⋯⋯⋯⋯　127
　　　光阴是我最好的亲人⋯⋯⋯⋯⋯⋯⋯⋯⋯⋯⋯⋯⋯　128
　　　秦岭⋯⋯⋯⋯⋯⋯⋯⋯⋯⋯⋯⋯⋯⋯⋯⋯⋯⋯⋯⋯⋯　128
李林芳
　　　自画像⋯⋯⋯⋯⋯⋯⋯⋯⋯⋯⋯⋯⋯⋯⋯⋯⋯⋯⋯⋯　130
　　　马架子村的小野花⋯⋯⋯⋯⋯⋯⋯⋯⋯⋯⋯⋯⋯⋯　131
李满强
　　　自由⋯⋯⋯⋯⋯⋯⋯⋯⋯⋯⋯⋯⋯⋯⋯⋯⋯⋯⋯⋯⋯　132
李　南
　　　未来有一天⋯⋯⋯⋯⋯⋯⋯⋯⋯⋯⋯⋯⋯⋯⋯⋯⋯⋯　133
　　　天涯的风醉人⋯⋯⋯⋯⋯⋯⋯⋯⋯⋯⋯⋯⋯⋯⋯⋯　133
　　　都说时光如水⋯⋯⋯⋯⋯⋯⋯⋯⋯⋯⋯⋯⋯⋯⋯⋯　134
李轻松
　　　家史⋯⋯⋯⋯⋯⋯⋯⋯⋯⋯⋯⋯⋯⋯⋯⋯⋯⋯⋯⋯⋯　135
　　　青萍之末⋯⋯⋯⋯⋯⋯⋯⋯⋯⋯⋯⋯⋯⋯⋯⋯⋯⋯⋯　135
李少君
　　　长安秋风歌⋯⋯⋯⋯⋯⋯⋯⋯⋯⋯⋯⋯⋯⋯⋯⋯⋯　137
　　　戈壁滩，越行越远的那个人⋯⋯⋯⋯⋯⋯⋯⋯⋯　137
李小洛
　　　低语者⋯⋯⋯⋯⋯⋯⋯⋯⋯⋯⋯⋯⋯⋯⋯⋯⋯⋯⋯⋯　139

旅行者……………………………………………140
李元胜
　　那些未能说出的……………………………………141
　　北山夜游……………………………………………142
李昀璐
　　明湖之夜……………………………………………144
李长平
　　哀牢山上的诗………………………………………145
梁　平
　　卸下…………………………………………………146
　　流浪猫………………………………………………147
梁书正
　　金字塔………………………………………………148
　　寒夜独宿山岭………………………………………148
　　馈赠…………………………………………………149
梁雪波
　　蝴蝶之书……………………………………………150
林典刨
　　朝五台山散记………………………………………152
　　落叶…………………………………………………153
刘　汀
　　钥匙…………………………………………………155
　　演员…………………………………………………155
路　也
　　七星台………………………………………………157
　　陪 Mary Helen 夫妇逛曲阜…………………………158
罗广才
　　我们就是那一朵朵即将靠岸的浪花………………161
罗兴坤
　　虚构…………………………………………………162
罗振亚
　　独坐苍茫……………………………………………163
　　一树桃花……………………………………………163

马慧聪
  顶雕 ·· 165
  成都 ·· 165

马培松
  春风辞 ··· 167
  我喜欢的是那水滴 ·· 167

马　叙
  路上所见 ·· 169
  我好像跟着落日走 ·· 170

麦　豆
  腊月里的银杏果 ··· 171
  鲫鱼 ·· 171

毛　子
  夜晚 ·· 173
  动身 ·· 173
  何以计量 ·· 174

梅　尔
  旷野 ·· 175
  约伯 ·· 176

孟醒石
  藏锋 ·· 178
  轻与重 ··· 179

孟　原
  词和刀法 ·· 181
  发光体 ··· 182

梦亦非
  庄子与毕达哥拉斯（节选） ··· 183

莫卧儿
  饮水机 ··· 187

木　叶
  兰波兰波 ·· 189
  春风斩 ··· 190

慕 白
我是包山底的国王 ·················· 192

娜仁琪琪格
走在雅布赖寂静的夜晚 ················ 195
万物凋敝，它在开花 ················· 195

南宫玉
乡音 ························· 197

南 鸥
时间是命运的携带者 ················· 198
谁在摆渡 ······················ 199

宁延达
老鼠和连衣裙 ···················· 200
持微火者 ······················ 201

牛庆国
半夜的咳嗽 ····················· 202
灯火 ························ 203

欧阳江河
霍金花园 ······················ 204
汨罗屈子祠 ····················· 205

潘洗尘
花园里那棵高大茂密的樱桃树 ············· 207
那是什么时候的我呀 ················· 208
生活已足够悲苦 ··················· 209

商 震
脆想录（节选） ··················· 210

哨 兵
谈谈鸟儿 ······················ 213
在小垸村听鸟 ···················· 214

沈浩波
你凭什么肯定？ ··················· 216
我认识的那些女孩 ·················· 217

沈 苇
旷野 ························ 218

所谓自述······219

师　飞
　　森林来信······220
　　亲密与哭泣······220

师力斌
　　太原行······222
　　偶读陈独秀诗······222

施施然
　　想和你在爱琴海看落日······224
　　棕马······225

舒　琼
　　很多事发生时是安静的······226
　　那些无法说出的辽阔忧伤······226

水　子
　　琴声从未传来······228

宋心海
　　拐杖······229

苏丰雷
　　智慧······230
　　车站······231

苏笑嫣
　　明亮的事物各有千秋······233
　　于一切事物中仿佛我不在······234

孙殿英
　　二奶奶在这个冬天走了······235

孙　梧
　　风吹草低······237
　　百草枯······237

邰　筐
　　星空······239
　　夜行车······239

谈雅丽
　　沙丁鱼罐头······241

  地铁十号线 …… 241

谭克修
  爬山虎 …… 243
  洪山公园 …… 244

唐　果
  阿健的帽子 …… 246
  两棵树 …… 246

唐　依
  容器 …… 248
  茶名：忘言 …… 249

田　禾
  我的乳娘 …… 250
  两片亮瓦 …… 251

田　暖
  在光的诞生之地 …… 252
  一滴泪在寻找它的光 …… 253

田　湘
  风的词条 …… 255
  行走的树 …… 256

瓦　刀
  无聊志 …… 258
  假山颂 …… 258

王单单
  昵称 …… 260
  呼渡 …… 260

王夫刚
  雪的教育 …… 262
  挽歌 …… 262

王家铭
  在嵩北公园 …… 264
  拉赫玛尼诺夫 …… 265

王　琪
  荒凉之境 …… 266

浮生一日·· 266
王小妮
　　飞机经过正午的武汉······························· 268
　　致锈掉的下水道··································· 268
王彦明
　　我们·· 270
王志娟
　　春天了·· 271
吴少东
　　向晚过杉林遇吹箫人······························· 272
　　小站·· 273
吴投文
　　秋风起·· 274
吴玉垒
　　今夜大雪·· 276
　　太阳看着他自己的光······························· 277
武强华
　　夜色·· 278
　　红柳林中·· 279
西　娃
　　闺蜜·· 280
　　只有"妈妈"是通用语······························ 281
小　西
　　关于树的无数可能································· 282
　　在火车上·· 282
谢宜兴
　　身体中的玫瑰····································· 284
　　琥珀色的夜·· 284
徐春芳
　　静下来·· 286
徐　江
　　影舞·流浪者······································· 287
　　写作的哲学·· 288

徐俊国
  古老：致大雪纷飞 …………………………………… 291
  听雪：致木质时光 …………………………………… 291

轩辕轼轲
  大地的屏保 …………………………………………… 293
  成吉思汗的部队没有粮草官 ………………………… 293
  最小的飞机 …………………………………………… 294

丫 丫
  凌晨四点半，海是什么颜色
  ——写给赴青岛北海舰队三个亲爱的小姑娘 ……… 295
  苦楝树 ………………………………………………… 297

严 彬
  浏阳河往事·施爱华 ………………………………… 298
  浏阳河往事·一丛枸杞 ……………………………… 299

颜梅玖
  雨水节 ………………………………………………… 300

杨碧薇
  彷徨奏 ………………………………………………… 301
  夏日午后读诺查丹玛斯 ……………………………… 301

姚江平
  壶口瀑布 ……………………………………………… 302
  在洗耳河，听鸟叫的声音 …………………………… 302

叶菊如
  自画像 ………………………………………………… 304

一 行
  红砖楼 ………………………………………………… 305

尹 马
  数羊 …………………………………………………… 307
  小隐 …………………………………………………… 307

影 白
  寒山寺 ………………………………………………… 309
  观画 …………………………………………………… 309

尤克利
　月亮告诉我要照看满天星星……311
　与远方的朋友说起远去的炊烟……312
于　坚
　加勒比……313
　玛雅神庙……313
余笑忠
　遥望……315
　梳理乱发……315
玉　珍
　献祭……317
　字的声音……317
　人的纯洁……318
袁绍珊
　仁和寺的午后……319
苑希磊
　通往火葬场的路……321
　劈木头……322
臧　棣
　完美的山楂入门……323
　刺猬向导入门……324
臧海英
　星空下……326
　在半空中上班……326
张常美
　月色几分……328
　敖汉牧场·羔羊·雪……328
张海梅
　从盛世为自己定做一场大雨……333
张　静
　第二十五个节气……334
张巧慧
　谒弘一法师圆寂处……335

雪后过九龙湖…… 336

张伟锋
　　黑色的十二月…… 337

张雁超
　　没有无辜者…… 339
　　雨落草木…… 339

张远伦
　　瓦事…… 341
　　我有菜青虫般的一生…… 341
　　给女儿讲讲北斗七星…… 342

张执浩
　　祭父诗…… 343
　　抹香鲸在睡觉…… 343
　　夜晚的习惯…… 344

赵思运
　　遗言…… 345
　　凤莲传…… 345
　　罗善学传…… 346

赵亚东
　　丢失的马匹独自返回家中…… 348
　　父亲从薄雾中抬起头来…… 348

郑仁光
　　制陶的女人…… 350
　　鹭…… 351

周庆荣
　　证词…… 352
　　人生观…… 352

周瑟瑟
　　畜道…… 354
　　白莲…… 355

朱　零
　　牧羊人的歌唱…… 356
　　俯瞰…… 357

祝立根

在凤羽 ……………………………………………… 359

在西区 ……………………………………………… 359

庄　凌

哑巴 ………………………………………………… 361

活着 ………………………………………………… 361

卓铁锋

黑雨速写 …………………………………………… 363

孪生者自述 ………………………………………… 363

左　右

野葡萄 ……………………………………………… 365

秋日的果酱 ………………………………………… 366

阿　毛

愉景渡

她坐在旅馆
不断由手机返乡

指屏滑在
高速铁轨上

网速的急刹
把咳嗽抛出八千里外

母亲刚学会用老人机
整天寻找消失的电话线

紫阳湖长廊记

我们在第一个长廊里
相识

我们在第二个长廊里
相拥

我们第三个、第四个长廊里
争吵又和好

然后是接下几个长廊外
碰碰车、跳跳床上的童颜

现在是第九个长廊
我们坐在湖边看夕阳

我知道
月亮在等着我们

我很担心身边的年轻情侣
一下子用完他们的爱情

（以上两首选自《长江丛刊》2018年6月上旬刊）

阿　翔

立夏诗

这里，所有的新雨汇集于早市，
不曾疏远过旧生活。我们谈论的新闻，
其实从未取得共识，需要一个借口
解决星期一。重点是植物的礼俗
牵扯到被淋湿的本来面目，就好像冷空气
入侵你的人生，气氛明显下降。

不管你如何应付，我不跟你一般见识。
在这不算晚的日子，诗领先于
闪电，秒杀你的摄影术，这也许
不是你的问题。教科书合上立夏的湖水，
以同样的方式，从私人时间抽出
火车，与诗的旷野相得益彰。

除了我的洞察力，还有什么理由
联想到水泡冒出热气，嫩蚕豆
露出一丁点尾巴，随时一蹦一跳，体现
欢快的动物性。如果在原地转了
一圈，你身边拥挤着的脸谱学，
比起孤僻，更像诗的黏液性。

至于静止的灌木和精神，无须去承受

放到一件事里的诱惑。到了这个时候，
立夏的嘈杂，不同于一场游戏，
但不会太久。我几乎想收回
迈过去的脚步，仿佛从不远处，辨认出
绿色暗影中的清澈的雨滴。

变形诗

反倒是今夜经历了一首诗的过程
如中介，私下里最先完成签约

无风的平静不意味着无限扩张
越过树林背后，肉身终将安息
需要人脉蓄积遥远的生活。或许更简单
裸露之处泛起白沫，超出了常规
犹如云的形状，在紧密的关系中
从不显形

如果可能，我愿意接受我们的
面貌改观，随时触及柔软的肌肤
时钟推进着一次预谋，尚未
被变形术征服过。或者说，我们紧跟的
步子跟不上了，一首诗的变幻莫测
包含着被翻烂的手抄本，便让人
联想到今夜支起硕大的耳朵

甚至所有车厢不被铁轨证实
仿佛诗的相互啮合突然被卡壳了
我从未想过利用缝隙，比喻写作的较量
譬如，我们所剩下的阴影
远离了命运的快节奏

总有一些声色,不盲目于今夜的
变形。像鸟群,掠过黑漆漆的楼宇

(以上两首选自《特区文学》2018年第5期)

阿卓务林

耳朵里的天堂

那个孤苦的哑巴
漠然独坐在门前古松下
一脸的庄重
好像有一道命令
比他的心更固执

他的嘴唇喃喃嚅动
如一只震腹而歌的青蛙
腮帮子一鼓一鼓的
似乎有一打话
在他的脑门挣扎

但他始终不肯打开
话语的城门
似乎有一尊佛
让他宁可背叛自己
也不敢泄露天机

他那左手捂住右耳的姿势
叫人怀疑,他是在用一只手
塞住一只耳朵里的人世
用另一只手
打开另一只耳朵里的天堂

光芒

风吹海岛。树叶摇一下,阴影晃一下
蜥蜴咀嚼鱼头,巨大卵石吞噬羽毛的哀伤

荒凉无边无垠。草淹没草,花淹没花,泥土淹没泥土
野马独来独往,回望一眼,旋即逃出视野的边疆

斯人独坐江岸。晚霞与炊烟,分不清楚谁明谁灭
夕阳已老,最后的红,被雪峰之巅的鹰吮吸干净

尖锐的痛。他们甜言蜜语,你铁石心肠
孤独不等同于躯体的落寞,却注定是心灵的冰凉
暗暗地亮

(以上两首选自微信公众号《花间集》2018年9月5日)

爱 松

爨龙颜碑

蚂蚁伸长了触角
搬运来月光
大地将月光淬成
锋利之刃
卸下神谕的巨石

青龙绕着巨石飞转三圈
月光就幻化成手
白虎围着巨石跳跃三圈
月光就幻化成笔
朱雀朝着巨石嘶鸣三声
月光就和巨石交谈起来
玄武爬上巨石三次之后
月光便沸腾了

黄麟背着白色的火焰
在巨石下吟诵
俊鸟披着白色的火焰
在巨石上舞蹈
蟾蜍踩着白色的火焰
在巨石里高歌

巨石巨石
融化成青灰的骨骼
坚硬如金属的图腾
落满了燃尽月光
坑坑洼洼的魂魄

五百年来
它们是白色的
又五百年
它们是红色的
再五百年
它们是青色的

现在
青幽的月光
复活在巨石上
它们在我们惊叹的眼睛里
寻找着最初
搬动它们的蚂蚁

注：爨龙颜碑中题"宋故龙骧将军护镇蛮校尉宁州刺史邛都县侯爨使君之碑"

金沙江

第一滴水
藏在雪山之巅
它卸下一小块天
乘着风
滑向深绿色

第二滴水
深埋旷野之核
它偷走一小粒土
逆着风
融入金黄色

第三滴水
在深绿和金黄的激荡中
溢了出来
它产出千万只卵
闪着粼粼的青白光

第四滴水
淹没河岸众多背影
在喧闹声中
宋代淘金者
啜饮下沸腾的黄昏

第五滴水
倒映过九个太阳
冲洗过九个月亮
它们都去了哪里呢
波浪沿着时间的缝隙找去

最后一滴水
沉到河床最低处
瘦了、干了、硬了
人们把它淘出来
恍若死去的星辰

（以上两首选自《安徽文学》2018年第9期）

安 琪

星丛（节选）

一
马
酷似太阳放纵不羁的声线，在曼德拉
自由的戈壁高唱
棕红色的马尾巴依着幻想的节奏舞蹈
舞蹈。你看见了马
浑身的肌肉开始绷紧
你绝对是马选中的猎手快拿起你的弓箭
有一群狼正在追捕
一群羊
我已收住我的喉咙
我沉默而焦虑地等待只为驱使你
追捕那群狼

二
毫无预兆
岩石突然在我到达时裂开
我的兄弟们继续往前跑
并不知道
我被挡在裂口前
我迅速地收住脚否则我就将死在
岩石漆黑的喊叫里

主人主人
不要鞭打我我清楚自身的斤两
我斗不过这块岩石
你也斗不过
前方的厮杀

三
鹰飞得再高
也飞不出猎物的视线
奔跑在黄泉路上的岩羊、盘羊
北山羊
发抖的小心脏牢牢捆绑着死亡的绳索
绳索那端
鹰的脚趾牵扯着
鹰飞得快
羊就跑得快
飞得慢羊就跑得慢
求求你让我跑进你的嘴里
我们
真的跑不动了
曼德拉戈壁回响着羊们无助的嘶喊——
灭，灭，灭

四
花心中的小虫
有一百条腿，每一条腿
都选中一个方向
这小虫有足够自信
走遍全世界
可桃花杏花李花玉兰海棠围住了它
小虫小虫你哪儿也别去了
你就在我们制造的春天里！

五
现在雪
盖满了树
持续降落的雪
将把榕树松树槐树
改变成同一种树
这是冬天的魔法
它委派雪
充当它的魔法师
它静悄悄抹去物
与物之间的界线
冬天有着佛的心性
我爱冬天。

六
长寿花,我的外婆
九十高龄了还在大码头榕树下
守着她的四果汤她不怕累
但她没有活到九十岁
紫罗兰
紫罗兰就在我的眼皮底下忙它的花期但
我不认识紫罗兰
我只能统一叫它们花
不记得在哪个人的诗里读到"长寿花
和紫罗兰再度到来"但我的外婆
没有到来。

七
博物学家
过马路时小心又小心
他必须保护好自己这副躯体
他全身的一千亿个细胞就是一千亿个物

我不是博物学家
我也要像博物学家小心又小心
我也必须保护好自己这副躯体
我全身的一千亿个细胞就是
一千亿首诗。

八
丢手绢
丢手绢
小朋友快来和杨树宝宝玩游戏
杨树妈妈抖动着翠绿的小叶子
哗哗哗，热烈地
喊着
可是杨树妈妈，你丢的不是手绢
你丢的是杨絮呀！

九
哎呀呀
北京也有这么蓝的天
纯蓝纯蓝
纯蓝如我小学时用过的
纯蓝钢笔水
我从十五楼下来
花被套已先我一步
晾晒在纯蓝阳光下
我讨厌的咳嗽也该晒晒了
我发霉的灵感也该晒晒了
妈妈们在小区晒宝宝
宝宝在婴儿车哇哇哭
难得今日没有雾霾
宝宝们为什么不给点面子
笑一笑呢？

（选自《天津文学》2018年第9期）

白爱青

我想你了

我知道:
所有的执念都是妄念
半夜仍旧醒来,对着天空
城市的灯光大于明月,照亮歧途
据说,每颗星星都曾是世俗间的灵魂
若我上升,会偏向哪个方向
还会不会有书给我读
想说说话时
旁边的那颗能不能听见
自转从哪边开始好呢
顺时针,先看到的是雪花的白
逆时针,亲人会来到眼前
河流要拐九百九十九道弯
到最后一道弯时,东方就会发白
人间醒来,遍地炊烟
你寻我不见

(选自《诗歌风赏》2018年第3卷)

白 海

清明雨

老人言：清明，都是
要下雨的。可是今年没有

不待子孙出门，今天的阳光
早早在乡下老家等候多时
父母说，挂青要赶早
山上的悲伤多起来，就要变天

清明的天气慢慢转阴，直至傍晚
回到家中，还是来了一场滂沱

就像一个男人，面对将自己一手
拉扯大，如今镶在石碑的祖母
终究没能憋住的，一场大哭

（选自《北方文学》2018年第11期）

白　玛

这都是天生的

我脸上的雀斑是天生的，坏脾气也是
我们这个小镇紧紧依偎着的大海是天生的
月光在海面上洒下的碎银子也是
寂寞的日子里，我想有一匹天生的
野马带我去天生的远方
如果爱情和诗歌是天生的，那么苦难也是
大地上透着悲凉的丰收之歌也是

古老的歌谣

当苦于如何表白爱情时，我就想起那古老的歌谣
当我思念故乡和亲人时，就想起那古老的、古老的
歌谣

还有，生来口拙，无法叙说大地之美，就想起
那古老的歌谣。我住在临海的小镇上
常年不知道该给谁写信。当潮水一遍遍拍打久闭的
窗棂
总有一些悲伤无处安放，我就想起那古老的歌谣

我就含泪想起那古老的歌谣
它无所不能：安抚一颗心，遣一个人回故乡，传递

爱情
我一次次想起那温暖又古老的歌谣
如同一只麂子低声唱它前生的一棵刺梨树啊

(以上两首选自《草堂》2018年第8期)

白庆国

盯住

某夜我坐在丘岗上
盯住一扇小窗
小窗里亮着一盏灯
有人在灯影下走动
人走过时带起的风
扇的灯影晃动
有人在灯影下缝补
窗纸破裂,陈旧
这是我熟悉的一扇窗子
我不只一次地坐在
那盏灯下面的桌旁喝水
并叫房屋的主人,叔
我熟知他们的生活
熟知他们的日子
并代笔给他们远方打工的儿子
写过信
一直没有得到回音
他们是一对勤劳的老夫妻
白天在田里劳动
晚上,搭理日子中突然出现的意外
我目不转睛地盯着
盯着

盯着我叔把粮食的名词放进粮仓
盯着我叔把劳动的动词擦拭得明亮
我还看见婶把一天的灰尘从炕上扫下来
直到那盏灯平静地熄灭
直到我的眼睛被泪水淹痛
剩下一座低矮的屋檐

橙黄色的花朵

橙黄色的光线普照大地
女人扛着锄走进大地
她刚刚熬了一下午药
她身上的药味还没有散去
而日子常常是她熬着药
男人熬着黄昏
女人走进喜欢她的庄稼中
给予她的是鼓励
伸手拍去她一身的药香
让她裸露艳丽女人的体香
那个跟踪她的人在暗中睁开了大眼睛
飞鸟依然盘桓在头顶
她在橙黄色的大地上劳动
像一朵橙黄色的花朵微微抖动
落日的辉光罩着她的面容

(以上两首选自《人民文学》2018年第12期)

包临轩

冬至的太阳

冬天这样冷,连太阳也冻得没了力气
他从黑色树林后面,艰难地露头
犹豫着,是否继续往高处走

从前是九颗太阳在天上,如今
只剩下一颗,也渐行渐远
似乎一直打算着,抛弃我们

在我和太阳之间,隔着一道残破的栅栏
栅栏内,是废弃的公园,假山,冰湖
公园外侧的远处,是立交桥上
零星的车影。是桥那边,低矮的丛林带
透迤
我的目光,这投向太阳的旅程
低回中,布满了参差的万物

在天空接近大地的部分,雾霾
和雪粉混杂一处
太阳尝试着,摆脱它们的合围
就像要从一片浑水中,打捞自己
他现在没有光芒,只有光晕
稍稍胜过下面,即将熄灭的

一排路灯

太阳,瑟缩着走向中午,和傍晚
他似乎倦怠了,早早收工
漫长的黑夜,无边的大雪覆盖了他
和遗落在大地上的,我们

但谁会忘却太阳的样子,我们坐在屋子里
惦念着他。虽然彼此没有提起

此时,他或许在沐浴,蒸汽升腾
从远处看,就是翻滚着的白云
和纷纷扬扬的大雪
窥视的星星,说太阳
正在遥遥地更衣,从未
沉沉睡去,他将带着洁净的光芒
回来

(选自微信公众号《诗阅读》2018年9月22日)

曹玉霞

春天的事物

又一场春雨下在了
无人知晓的深夜
两点三十五分
雨滴穿过我的睡眠之前
一定穿过了我不可知的事物
无法入睡,我便不停地数数
从一数到七再从七数回到一
用右手拇指揉搓左手大鱼际
左手拇指揉搓右手大鱼际
这一办法依然行不通
白天在动物园看到的两只黑熊
一只,始终不停地走动着
从一扇紧锁的铁门走向另一扇
同样紧锁的铁门
另一只原地打转
一会看我们,一会看着别处

(选自《绿萝诗刊》2018年5月第105期)

辰 水

祖父的偏旁

昨夜,再一次梦见祖父的梦中醒来。
借着我的一具肉体,
仿佛要灵魂附身。
而我并不是一个完整的他,只是他的一部分,
只是他的一滴血液。
对于童年的祖父,我须等到潦草的中年,
才能摸到他的坐骨神经。
多年的疼痛,他几乎不吭。
像秋后的老蝉,
固守着一段枯木,然后等着一场霜降。
在还没有到来之前,
他便随一阵秋风而去。
他狭窄的床头边,遗弃的烟嘴,一个便宜货。
犹如他的一小截衰老的肺,
已被熏黑。
被他压过的身影,显现在床单上,
佝偻,弯曲。
将他扶起来,像折叠一床被子,
却并不轻松——
僵硬的身体,伴随着"啪、啪"之声。
这命运的老年,
如同一截朽木,稍有外来之力

就会被摔成碎块。
像一个字的偏旁,
四分五裂。
作为长孙,我所继承的并不是铁制的农具。
驽钝与锋利,
似乎早已与我无关,
转移到纸上的是一支秃笔,它像犁。
分解。拆装。
面对祖父剩余的部首,族谱上的字
显然已不够用。
再次建造一个村庄,
或者是给氏族的坟头上添加男丁。
一个世纪,
像一阵风一样刮过,
从地主少爷到贫农,祖父活到见证自己
跌落到的深渊。
我怀抱着错谬的汉字,难以入眠。
在发霉的偏旁里,
要如何才能给一个通假字安上假肢?

另一种光

冬月,母亲为一根无法点燃的火柴哭过。
童年的雪,
比人到中年的现在,厚了许多。
在积雪里,摸索一盒火柴
这种寻找光源的动作,重复一生。

顺着窗棂的缝隙,射入了一支光。
雪地里反射的光,
带来了寒冷与孤寂。
我为即将升起的一轮红日而祈祷,

它用一种光来消灭另一种光。

为了追赶那些逃跑的光,我劈开一根根的木柴
挖到一颗颗腐朽的心。
这些轻易化为齑粉的物体,
像一个个失去眼睛的父亲。
只有光是新的,
在一场即将到来大雪里,
我仿佛看到了属于自己的另一种光,
藏在复杂的雪花里……

（以上两首选自《长安》2018年总第1卷）

沉　河

天命之诗

五十年后,他终于做到了
放走吸饱他血的蚊子
不让自己的手沾满自己的污血
五十年后,他终于适应与鼠为邻
那些垃圾成为它的美餐
也是一种好归宿
他不再拔掉一根杂草
也并非期许一朵野花相报
他会记起给养育的小石头浇水
尊重这些生长缓慢的老事物
它们亿万年的灵性
五十年后,他终于做到
不与任何人为敌,不与太多人为伍
也让不同的神在家里和睦相处
闻过尽量喜悦,闻赞表示感激
每天做点让自己欢欣的事
譬如抄经,饮茶,吃家人做的
饭菜,问候远方的亲人,并试图
和孩子交心,不时关心下他的前程
慢运动,深呼吸。此为老天
给予其命 不错的赏赐

被闪电照亮的人

在我漆黑的少年时代,闪电是如此稀罕
我的前途依赖它照亮,再黯淡,再照亮
在一连串的闪电下,我完成了自我教育
雷声不再压迫心田,瘦弱的身躯开始坚强
一个在闪电下赶路的人,紧抱着书包
保护着里面显然比身体珍贵的书本
雨水很快洗净了泪水,双脚赤裸着
扔下了沉重的套靴。如果不是风大,路滑
这个被理想鼓胀的少年就要飞奔起来
他本无所惧,比一颗遥远的星星还要干净
闪电离开了学堂,已经照亮村庄
那棵被劈过的老槐树伤疤显露,静默着
代人受过。我赶在最后的闪电光耀下
走进家门。把过去的自己丢在了外面
多少年后,想到自己曾是个被闪电
照亮的人,便渴望比漆黑更深的孤独

(以上两首选自《十月》2018年第5期)

陈巨飞

匡冲

你要去匡冲吗?
毛茛、紫云英、小鹅花和凤仙
捎来口信——
你乘坐童年时滚的铁环
在云端上走得太远,该停下来了
去匡冲,要走小路
找到一棵枫树和一个乳名
要顺着炊烟的阶梯向下
在灶膛里找到黝黑的石头,向它问路
它告诉你,去匡冲
要赶在冬日的夜晚
有人风尘仆仆,在火塘边谈论死去的亲人
那是个手机没有信号的地方
要用植物的根蔓来导航
年复一年,草木新发,它与死者握手
又与你剪断的脐带相连
它触摸过死,也亲近过生
你要去匡冲吗?
今晚,你骑着月光即可抵达
山脚下,穷人的屋顶白茫茫一片
你跪在父亲的坟前,像一座漆黑的墓碑

没有悔恨的泪水
也没有骄傲的墓志铭

（选自《诗刊》2018 年第 12 期上半月刊）

慢火车

每次回乡，
我钟爱夜间行驶的慢火车。
卧铺里的交谈像是梦境，
一个临县的老人来北京探亲——
"我看见的天安门，
比电视里的要旧一些。"

我为死去的父亲感到幸运，
因为他的天安门还很新。

车厢里，逐渐只剩下鼾声，
铁轨在歌唱。
月亮追了过来，
恰好是童年时，
割我耳朵的那一只。

此刻，
孤独的星球里有一列火车，
火车里有我的伤口，
在隐隐作疼。
这些年，语言变成了快递，
而我的表达，
尚须剥去重重包裹的松塔。

清晨，在熟悉的地名里洗脸，

陌生人在镜中,
偷去一张逆时针的车票。
我无法补票,
也无法下车,
在越来越新的故乡,
我成为越来越旧的异乡人。

(选自微信公众号《早上好读首诗》2018 年 10 月 2 日)

陈 亮

木头

父亲每每伐掉一棵树
都会用斧头仔细削去枝杈
然后竖立在墙角阴干

新鲜的木头
会散出极浓烈的香味
甚至在深夜里
还发出咯咯的响动
让我以为它们会逃跑

慢慢的,它们消停下来
直至变成一根彻底沉默的愚木

——父亲走后的一个冬天
因为空落和寒冷
我开始用这些木头取暖

当我把它们劈开
扔进炉膛
这些木头竟吱吱喊叫着
涌出热泪,并把它们
浓烈的香味迅速充满屋子

仿佛在告诉我
这么多年,它们并没有死去

　　　　　　(选自《诗刊》208年8月下半月刊)

神

那时候,母亲每到初一或十五的正午
都会捏几个地瓜面皮的饺子
放在供桌上供奉

有时候还会虔诚地跪下
双手合十,嘴里弥漫着咒语
五分钟后再拿下饺子给我们吃

这时候,除了鸟鸣
一勺一勺挖着耳朵
阳光将麦秸坐出了声响
我们都屏住呼吸不敢弄出一点动静
仿佛神真的来到我们身边

那时候,我的哑巴姐姐还活着
她会从母亲手中接过饺子
然后一声不响地走到我面前

咬着嘴唇拍拍我的肩膀
示意我吃,姐姐很美
仿佛刚从画上走下来
那时候,每吃一口,我都会感受到
神的香,神的暖,神的无处不在

　　　　　　(选自《黄河文学》2018年第4期)

陈人杰

月亮的邮戳

玉麦，九户人家的小镇
扎日神山下，隆子、卓嘎、央宗姐妹

九户人家，九支谣曲
九个良宵，九座雪峰是快乐的孩子
大经轮叶片转动
九个星座是感恩的涌泉

春风吹开雪莲花的时候
我给你写信
信封像雪一样白
上面盖着月亮的邮戳

芨芨草

羌塘草原的一棵芨芨草
是尚未失去语言的草
它的摇晃，是岁月和山脉难以系住的摇晃
死亡芬芳，呐喊无声
被牛羊吃掉的芨芨草，那从不向我们说起
如何转世的芨芨草……

（以上两首选自《扬子江》诗刊 2018 年第 5 期）

陈先发

群树婆娑

最美的旋律是雨点击打
正在枯萎的事物
一切浓淡恰到好处
时间流速得以观测

秋天风大
幻听让我筋疲力尽

而树影,仍在湖面涂抹
胜过所有丹青妙手
还有暮云低垂
令淤泥和寺顶融为一体

万事万物体内戒律如此沁凉
不容我们滚烫的泪水涌出

世间伟大的艺术早已完成
写作的耻辱为何仍循环不息……

箜篌颂

在旋转的光束上,在他们的舞步里
从我脑中一闪而去的是些什么

是我们久居的语言的宫殿?还是
别的什么,我记得一些断断续续的句子

我记得旧时的箜篌。年轻时
也曾以邀舞之名获得一两次仓促的性爱

而我至今不会跳舞,不会唱歌
我知道她们多么需要这样的瞬间

她们的美貌需要恒定的读者,她们的舞步
需要与之契合的缄默——

而此刻。除了记忆
除了勃拉姆斯像扎入眼球的粗大砂粒

还有一些别的什么?
不,不。什么都没有了

在这个唱和听已经割裂的时代
只有听,还依然需要一颗仁心

我多么喜欢这听的缄默
香樟树下,我远古的舌头只用来告别

(以上两首选自《作品》2018年第11期)

池凌云

在泰顺,看一个人制作陶艺

他用水将双手沾湿
把一团黏土捧在手心
揉成一个圆柱,
放在圆轴转盘上。一个使者,
要求我们屏住呼吸。

"你要制造什么?"
他没有回答对他提问的人
开始进入深深的静默。
手一无所需,让黏土升高,
又在里边掏出一个空空的圆。

他手指间空气的流动在加速,
水在黏土中稳定地吸引所有粒子,
鸟的羽毛与海洋的波浪
升起,遵循着一个沉默的人的指引,
一只水罐出现。

而他的脚还在踩着电动踏板,
给圆轴加速,他的手继续滑行。
手,已经超出了他的需要,
就像在睡梦中,渴望进入一道光,

一只水罐在他的手中醒来
又倒塌。他的嘴里
发出一声微弱的呻吟。

我几乎能看到那只水罐
涌出一股暗流，却突然一跃
在无声中消隐。有些事
发生时总是那么突然，
我不知该如何理解这内在的含义，
我们灵魂某一刻的隐秘肖像：
一团黏土，曾抵达现场。
而这种寻觅，是它的痛苦。

那棵树……

那棵立在光秃秃旷野中的树
属于那个饥饿的人。

那棵矮小的少有人发现的树
属于没有未来的人。

那棵立在道路边向我显现
却从不参与谈论的树，习惯于
做一个人智慧的顶点，

只属于漫长旅程中的飞鸟
和寂寥轻盈的空。

过玻璃桥

在玻璃桥上，静止不动的人
造成一个个小弧形

他们的声音像被某一个器具关闭
现在,大家都得到了安宁
透明的地图,透明的荚壳与藤蔓
透明的遥远海峡的一角
被一片不知名的叶子压弯
没有沸腾的尘土与沙粒
两侧悬崖若隐若现的洞穴
浮起黄褐色的草丛。有人挥着双手
像蜜蜂鼓动翅膀,却没有飞走
经过我的绿袖子女孩
发出尖利的叫声,向踩着
深渊而来的同伴致意
这虚无缥缈的一对半露出额头
终于游进白茫茫的雾气
胆小的人只在清晰可辨的峡谷
与树木的顶端漫步。我的双脚
早已被黑色橡胶包裹
所有行走都无法触摸泥土
大地,大地。高空的光线
已竖起镜子,从上面滚落的水珠
洒向最低的苔藓,而在过去
我一直不知是谁在浇灌它们。

(以上三首选自《诗刊》2018年10月上半月刊)

大 解

赴罗平途中,看见风车

白色风车站在连绵的远山上,
一二三四五六七八九十,太多了,不数了。
其中一个不转。

但我闲不住,还是想数一数。
一二三四五六七八九十,十一,十二,
数不清。其中一个不转。

数到第三遍,天空就消失了。
风车站在连绵的远山上,其中一个是死者,
它站在那里,只为了让我看见

2018.3.6 云南罗平

画手表

在女儿的小手腕上,我曾经
画出一块手表。
我画一次,她就亲我一口。

那时女儿两岁,
总是夸我:画得真好。

我画的手表不计其数,
女儿总是戴新的,仿佛一个富豪。

后来,我画的表针,
咔咔地走动起来,假时间,
变成了真的,从我们身上,
悄悄地溜走。

一晃多年过去了,
想起那些时光,我忽然
泪流满面,又偷偷擦掉。

今天,我在自己的手腕上,
画了一块手表。女儿啊,
你看看老爸画得怎样?

我画的手表,有四个指针,
那多出的一个,并非指向虚无。

2018.7.20

(以上两首选自微信公众号《一见之地》2018年12月27日)

灯 灯

燕山下

野枣在枝头
守住内心的红。杏林用青涩
说出酸楚
是五月的一部分。燕山之下,大花蓟
在黄蜂争夺之中
开得无比娇艳
我想看见的事物,永远和它的
反面一样多——
一只蚂蚁下山,粮食滚落,遇上
车祸的亲戚
有时我真的觉得,我就是其中的任何一个
而道路和我想的不一样
它把自己送出去:一条通向清晨
一条,通向黄昏。

(选自《扬子江》诗刊2018年第5期)

石头

石头不会说话,一说话
就领到崭新的命运:或滚落,或裂开
挖土机开到山前

采石场彻夜不眠
这一辈子,我和无数石头相遇
看见过它们的无言,以及无言的复制
这么多石头,那么多石头
分成很多块,一样奔波,一样无言
一样在无言中
寻求归宿
很难说,我是哪一块石头
这么多年,我在外省辗转
我看见最明亮的石头
是月亮
我看见月亮下面,山冈,河流,房舍
各在其位
各司其职
是的,是这样
就是你想的这样:
碑石寂静,而牛眼深情……

(选自《星星》2018 年第 8 期)

邓朝晖

蔡伦竹海

我要活在青山绿水里
我要拿竹林当被
耒水当床
那些小镇、小洲是我的院落
我多么放纵
顺水而下可去黄市、去陶洲、去盐沙、去坪田
它们都是我的故国
黄泥岗、大河滩、大义乡、公平镇……
它们都是故国谦逊的城垣
没有砖头、瓦当
一根翠竹就是一把利箭
一片叶子可当一块盾牌

这块十六万亩的领地
是一个看不见的国度
生灵有虫豸、麻雀、斑鸠
洁白的水鸟
也有隐藏的百姓
有竹做舟可渡苦海
有竹做媒可成就一桩姻缘

我要活在青山绿水里

我要活在这个绿色的国度
每一根竹子都是一位修长的绅士
每一滴来水都是一个
明亮的佳人

（选自《草原》2018 年第 10 期）

麦浪

麦浪里只有青草
只有没有种子的爱情
没有归期的疾病
只有一条不会说话的河流
长六公里
我们在河道上颠簸
把两岸的人家、樟树、桃树全都翻过来看
风声也是嘶哑的
它也有失缺的子嗣
不能重逢的爱人
河道像一个灰白的天堂
有风和倒过来的人间
我们在哑河上走
在麦浪里走
像孩子，兴奋而茫然
如同世界尚未打开
死去的人正奔往重生的路上

（选自《草堂》2018 年第 10 期）

钓逸大师

我生命中接受的第一记耳光

记忆中的生命应该是始于1966年冬天的某个早晨,
之前怎样喝奶怎样学步怎样独自扒公交车,
都是听人口述的,我没有印象,似乎是另一个人的
故事。
那天我把一粒弹头圆钝的黄铜质手枪子弹投入取暖
用的火炉中——
这粒子弹在我衣兜里把玩有些时日了,是用一个
围着纸圈的蛋糕换来的——
数秒钟之后一声爆响,煤炉只剩下一层铁皮。

母亲的惊悸和抓狂现已无法准确描述,
记得最清晰的是她头发上蒙着白色的炉灰,仿佛瞬
间变成了奶奶。
确认我完好无损后,她给了我今生第一个耳光。
这是我所有记忆的开端。
我没有本事把自己的经历讲得头头是道,凑成一部
三卷本的大作。

当我填一份简历时,总是需要在草稿纸上重新推演
一次我的人生;
何时何地何人作证,如此等等,像是在考证别人的
经历。

我的人生应该肇始于子弹爆炸的那个早晨，
当然也险些结束于那个早晨，还有那一记烙入记
忆的耳光。
从那以后几十年，猛然回头一瞥，其实也很简单，
就是一串断断续续或现实或隐形的爆炸和耳光。
这就是我生命的意识流。
按当前流行的量子纠缠理论推导如下：
待我的肉身灭寂后，这股意识流仍将不朽。
它升腾至大气层外，或远至数光年的地方，
不断播送着有关爆炸和耳光的信息，直至纠缠上另
外一具肉身，
把这股意识流植入他(她)的脑海！

（选自"中国诗歌网"《每日好诗》2018年12月18日）

董喜阳

绷紧的雾水

我的鼻孔拒绝雾水
大河起舞,壮丽山川。折返的
路途并不复归。我要酩酊的
山峰,投影在云层的
脸盆。要装假的
酒杯,趴在床上沉死的心灵
我要苦难与快乐的舞蹈
旋转的音频翻越
城头的月光。如水的我的
眼睛,天涯浪迹的
炉火。撤销这疼,带有
印花青葱的日子。像
每个早晨被我绷紧的针条

灯光下的信

夜晚对着灯光写信
没有署名的信笺走在邮局的
路上。告诉一个人我的变化
我的车厢焕然一新
无论白天还是黑夜,我是新人
遇到了长久找不到座位的

尴尬。好像我成了
社会的人质,绑架的人迅速
撤离。我像鸭子趴在
冬日的湖面上,呱呱地叫
从雷声到雨点。仿佛
我和昨天死去的人一样
为了明天的活人,替他们
活着。阴寒,墙角一枚高烧的
梅花,多像此时我的自救
冒着汗,一锹一锹
挖动阳光,响动的过程是
艰难的,亦如长满锈迹的心

(以上两首选自《飞天》2018年11月号)

杜绿绿

我看见未来

1
我有感受未来的能力。我从一只灰猫残缺的尾巴
察看它第二天将去的草丛,一个女人拉着孩子
往椭圆形的铁盘里倒鱼骨。鱼骨也有未来。
它穿过灰猫身体落进下水道,随着污浊的水流入江水。
江水不停,往南汇入大海。鱼骨回到它诞生之地。
我看到,几天后我站在阳台上,面对山顶阴沉的天空
忘记已发生的事,为什么不呢?
往昔像海水里浮起的根根鱼骨,抵着未来的喉咙。
足够让我哽咽的尖锐感,同样属于未来。
我知道海水的未来在寒冷里汇聚成冰,
等候撞击。破碎。一块冰离开群冰。
透明的块状物即将变成气体,离开海,
仿佛我们离开深爱的人。

2
我看到很多未来。闭上眼,未来的风吹草动
在我眼眶里打转。有时我看见了,
仅仅让它们只存在于看见。我像忘记过去一样
安置这些还来不及发生的事。比如说
一星期后的清晨,我会去市场买菜
必须路过一家物流公司后门,

几台破旧的卡车与依维柯停在那儿,我没有数
我被围住了。我陷在数字的排列中,
该如何计算才能更快捷走出去。搬运工蹲在台阶上
抽烟。
他们讨论着盒饭里的肉不够多,米粒太硬
然后,他们扔掉烟头开始干活。
他们没有看我。他们将板车上的货物倒在我身上,
那种铁制的,有四个小轮子的拉货车
它们一般刷成蓝色。它们碾过我的脚,
哐当哐当,像巫师的摇铃晃个没完没了。
可我不想疼,不想听见。未来出现得太早,
让我疼了太多天。

3
看见,这个词对于我来说是个提醒,
就像落日提醒第二天会来,
不管你是否拒绝,黑夜总要结束。
这一次我同样看见,冬季的大雾很快会扑来
我在雾里动摇,水汽停在我的短发上
我的嘴唇涂了口红,橙色的
像这场雾降临前的好天气,夕阳在孤山身后
恋人们吃着对方眼里的光。
我也曾看见光,我闭上了眼,
我也曾睁开眼,被光灼得看不见未来。

4
我从沉睡中醒来,又立刻陷入迟疑的眼泪。
长夜带给我们未知。过去与未来之间狭长的缝隙,
像把精心打磨的刀,
雪亮的刀,切割我们与你们联系的刀。
你们属于上一个季节和下一个季节,
你们的手在天台上剥瓜子,

抚摸叫唤的斑点狗，你们和朋友在经验里忽略我们。
你们有玻璃上滑动的水滴和转身，
你们有不同的心事和习惯，
你们说不出话，词语在你们的胸膛中敲打
它跳不出来，它不断地变化音节
它有着模棱两可的形状，你们心中的泥潭
使它失去向上滑动的能力。你们，
只能在我们的观察中沉默。
你们奔跑，雨水灌进高领毛衣
像爱人轻轻咬着你们，从干燥到达湿润。
这就是未来，我早已看见。

5

当我二十岁时，我怀疑过我看到的未来。
科学让我敬畏，我没有信仰
我在睡前读《圣经》只是为了平复喜怒，
没有神给我任何启示。三十岁时，朋友领我去教堂
我在赞颂中痛哭。没有神爱我。
我前排的人在唱，我后排的人在唱
孩子在唱，老人在啜嚅着唱
他们的手交叠在一起。他们拥抱自己，
他们的眼镜和智慧，他们的手帕和善意
他们向我张开翅膀，呈现出一个清晰的世界。
我想，我需要这种明确。
我试图走向他们，却被风推出了门外。
我走进风里，
我看不清落叶上写满了什么字。

6

我在失败中寻找一种可能。你们看，
我到今天还保持着儿童的品质，
走路弹跳、摇摆，

我笑起来像是不曾看到未来的阴影。
而阴影笼罩我。昨天晚上,异常寒冷
我一碗又一碗热汤喝下去,
忍着眼泪,坐在书桌前翻看一本书:
"问题不在于我们的感官印象会哄骗我们……"
书页有些污渍,台灯发蓝的白光照耀着每个字
它们凸起来,在纸上战栗
触动我的眼睛向下凝视
我的固执,我分辨不出的去处。
我取下眼镜去洗脸,模糊中依稀看到
镜中的身影弯成一张弓,随时准备弹出去
像窗外传来的呼唤声,在风里折成碎片。

7
我再次确定,我一直寻找的真实过于冷酷,
就像被大雪压塌的一个个公交站台
一个个倒下的乘客,
我倒下、站起来,
我心如刀割,而毫无意义。

8
我为我的虚弱感到羞愧。我时常害羞。
在未来,我听到一首动人心弦的乐曲
我坐在厕所里的木凳上安静听,
在心中努力记下每个音符,到了这个岁数
我终于有点明白,
我不想忘记任何一个瞬间。好的,不好的。
哪怕只是一个清晨的偶遇。
我在十一月遇见迷乱的桂香,
夜晚与夜晚的无言,你不了解。
我那时还不是我。
我在冬天遇见雨,一只扶我的手出现过两次。

这是个不算大的手掌,却温暖、有力,
我摩挲着它,像是提起心肠去触摸一块
火上锤炼的铁。我害怕啊,
未来的事我早已洞察。
我在未来会再次遇见你,我看到了。
我明白,我也仅仅是看到了。

(选自《诗刊》2018 年 9 月下半月刊)

段光安

闹市沙漠

立于街心
即立于浩瀚的沙漠
我孤独成一株白杨
落入一种空旷

黑色的沙涌来
我融入不确切的黑屋
面对一堵或隐或现的墙
除内心的伤口一无所有

穿街而行
踏入鸣沙
我迷失在
名字与名字的沙粒之间

我从自身飘离
从行人的眼睛进入行人的眼睛
无数片树叶低语
只是低语……

躁动的碑林

置身碑林
一切都在凿刻也被凿刻
分不清人或石碑
此刻我刚拿起刀
刃锋就滴了血
忽听
焦躁的石碑争吵
嗓音剥落
又被嗓音淹没

(以上两首选自《天津文学》2018年第4期)

方石英

梅花开了

梅花开了,我就想起江南
想起和靖先生、姜夔与潘维
他们一起喝茶,各自写诗
我就想起江南,梅花开了
出生的出生,死亡的死亡
疏影暗香是胎记里的回声
宛若一枚松针轻轻扎了我一下

有时候

有时候,想死的心都有
一次次深陷无用功
体会无可奈何的煎熬

有时候,我又想活在世上
并且下定决心
一定要比坏人活得更久

(以上两首选自《草堂》诗刊 2018 年第 10 期)

风 言

青海青,黄河黄

我有牛的善,佛的心
为什么还是寺庙外
那个排队等候磕头的人?

先祖忙着在壁上取水,埋灶,生火
用舌头丈量生死
落日薄情,吹弹
可破
——利剪下的喜字,空怀一颗年轻寡妇的心
在西部,迎风而立之物,必定经历过一双
剥茧抽丝的手

栏杆拍断。尘世正打着一个无聊的哈欠
流水席上奢谈灵魂之人,草草丢失了
年少的桨
夜露如腰封。被版图动过手脚的疆土
因歃血族群的相互角力而无处藏身

在西部,这空腹的碗和记事的结绳是什么关系?

雨中黄河,多像天地磨出来的一把刀
横刀夺取这万里光阴的

是高原被凌迟的切片
——这逐步抬高的河床
恍若乱世的一纸诉状
它举了千年,无人敢接

风暴终究难抵秦腔
怒吼的结尾,犹如三百吨油菜花的凋谢
——冯唐易老,古驿静默如棺
在西部,所有悬浮之物我们都应敬称为神

此时,壳荚爆裂
一粒草籽应声落地
——砸疼了我的家,我的省,我的国

(选自《人民文学》2018年第3期)

冯 娜

赝品博物馆

怎么能展览心事,在满是赝品的博物馆
一个声音在暗处说,"忘记你见过的一切"
历朝历代的纹饰珍藏着每一根线条的记忆
我找到过打死结的部分

古代那么多能工巧匠,奔走于作坊与画室之间
在器物中哑默的人,在一张素帛的经纬上面
怎么能铺展心灵,对着流逝

——他们能理解一个诗人、一个相信炼金术的后代
还能通过肉眼甄别瓷器上的釉彩
我们拥有相同的、模糊的、裸露的时间,和忍耐
也许,还拥有过相同的、精妙的、幽闭的心事

相互压缩的钟表,每跳过一格
就有一种真实冲破坚硬的铜,锈成晶体
赝品摆在赝品的位置上
不理会人们的目光,带着传世的决心

(选自《诗刊》2018年5月上半月刊)

短歌

看过那么多高山大海,已经十分疲惫
倘若新事物能让人爱得更完整
所有客人都应保管好他们的影子
街区最高的窗户能看到港湾和水手
你爱惜一种热衷沉思和狂想的天分
说,不要在俗事中久留
我要在少量的盐分中重新发现自己的咸
空中不时落下声音
空中锈迹斑斑的星辰
我等待着天明,而不是擦拭

(选自《诗歌月刊》2018 年第 10 期)

符 力

天问

每个夜晚,你都把流星当作火柴
擦了一颗又一颗
我困了,在海边小屋里打盹,仍梦见
你不停地擦亮流星
我昨晚擦了又擦火柴,只为翻找二十年前的书信
夜这么黑
这么凉,你在寻找些什么

(选自《天涯》杂志 2018 年第 4 期)

邻居

小院内。阳台下。五六米外的几棵椰子树
与我为邻,天天相见
我曾在树下点数又大又绿的椰子果
数着,数着,就把自己数进
清晨的鸟鸣里

楼层上下左右的那些住户
也是我的邻居
我们各出各的门,各回各的家
十天半月见不到彼此

夜里的摔门、哭泣，听不出
张三或李四，正如分不清枝叶间飞窜的是
麻雀，还是柳莺

而昨天跳楼脑浆涂地的那个邻居
我认得他，记得他：
左手提苹果，右手按住开门键，等我把手推车
慢慢推进电梯去
台风席卷海岛的那个傍晚
我和他避雨，同在南大桥底下

（选自《诗刊》2018年2月下半月刊）

龚学敏

在昆明闻一多殉难处读《死水》

这是一沟绝望的死水。摊开的手，
没有一滴雨，翠鸟般忌讳的残喘。
角落的尸布，用玻璃发芽。
一匹匹腐朽的电波，
在昆明的山冈上放风。

种植的诗句，潜入年龄。
淹没头发，直到蘸过枪声，便黑白分明。
春天一边绽开，
一边死去。

树从诗句中伸出枝。
影子们寝食不安。脱口而出的，跌进
雨滴的念头。先生的雨，用昆明的名字，
给我遮面，饮酒，羞愧难当。

写满花朵的街的背景，手中提着死水，
在喧嚷的蘑菇后面，视而不见。

无数头站立的水，在昆明的大街奔跑。
无数头水，正在死去。
无数头月亮的水，泣不成声，

哭成这首死水。

死水在死水里活着。
在西仓坡，鹰饮过的酒，不敢斑斓，
像窗前的纸，
是死水的尸体。

仰天一望，那么多活着的死水迎面而来。

在天水访东柯草堂

出租车的秦腔"车祸"在唐诗的
十字路口。
勒死槐树的柳家河，用村名，
铺成肥腴的斑马线。
唐朝在高速公路的笔画中
成为一条河的服务区。

教科书支撑着洋芋，
与磷肥的年龄，一同起床。

发凉的月亮咳出茅草的血迹，
试纸在化验饿瘦的诗
能否怀孕。
用蜀葵纳凉的杜甫，在风中
取盐。蚂蚁把字铺成
床单，
钉死在鹦鹉跌落的舌影上。

影子越来越瘦。丰满的墙上
寄居着驶进唐朝的卡车。

瘦地翻宜粟,
阳坡可种瓜。

(以上两首选自《诗歌月刊》2018年第3期)

孤　城

夜漫漫

一堆篝火，独自在舔什么呢
像一头受伤的狮子
——夜色阔大。多么寂静的黑
悬挂四野

冷月瘦成娥眉，三两颗星幕下，那人埋头拉琴
暂时忽略介入体内的沙尘
马的背上，空凉，风试图揪出什么

（选自《安徽文学》2018 年第 12 期）

等待一根火柴的救赎

指间的花朵，从岁月中出走
说消失，就消失了不如初恋时的言听计从

火焰搬动柴禾成熟的体香，儿时的爱情
羞于启齿

如今慢慢长大的
从未受过潮的孩子们谁能指认时光截留的饥饿

这头发了疯的"叫兽"
就关在我们早年的体内

(选自《扬子江》诗刊2018年第4期)

韩文戈

复活

有一天我把败落的村子原样修复
记忆中,谁家的房子仍在原处,东家挨西家
树木也原地栽下,让走远的风再吹回,吹向树梢
鸡鸭骡马都在自己的领地撒着欢
水井掏干净,让那水恢复甘甜
铲掉小学操场上的杂草,把倾倒的石头墙垒起来
让雨水把屋瓦淋黑,鸟窝筑在屋檐与枝头
鸟群在孩子的仰望中还盘旋在那片天空
在狭窄破旧的村街上,留出阳光或浓阴的地方
在小小的十字路口,走街串巷的梆子声敲响
把明亮的上午与幽深的下午接续好
再留给我白昼中间那不长不短的午梦
当我把老村庄重新建在山脚与河水之间
突然变得束手无策
因为我不能把死去与逃离的人再一一找回来

活着是一件神奇的事

想想偌大的宇宙里
曾有个叫韩文戈的人活过,我就激动
他曾爱过,沉默,说不多的话

在地球上,他留下了短暂的行旅
像一只鸟、一棵树那样
他在宇宙里活过,承接过一小部分阳光与风

想想在茫然无际的宇宙里
曾有一个星座叫地球,地球上有一座山叫燕山
山里曾有一条短河叫还乡河,我就幸福
想想他就在那座山里出生
又在那条河边长大
这难道不是一件神奇的事吗

并且他还将继续活,偶尔站在河边呼喊
侧耳倾听宇宙边界弹回的喊声
他还会继续爱,继续与鸟、树木和那个
叫韩文戈的人交谈,然后仰望星空,捕捉天籁
惊叹星空和星空下大地展开的美丽
也记下一些人对另一些人的冒犯

(以上两首选自《四川文学》2018年第11期)

幻象

每座隆起的土丘旁都有一棵
看到或看不到的树木
也深埋着一只走累的旧钟表
尘土是最后的抹布,抹平时针秒针间的缝隙

每一只挣脱地面、抬到半空的马蹄
都提着一盏马灯
来照亮那匹奔马的路
它又制造吹灭火烛的大风

每首诗都是失语症患者的邂逅
他们在漫长的沉默里走失
诗借用语言的名义召集光芒
让语言照亮自身

二十四个钟点里居住着二十四位巫师
二十四个谶语的漩涡打着旋儿
闪电在悬崖与水面之间跳跃
允许深处的根须用空中的血浆来书写

允许有人飘在空气里,放下天梯再抽掉天梯
他被世人关进了梦境,被蜂拥的梦淹死
他像一匹自在的乌鸦消失进黑暗
也像一块远离尘世又被自己遗弃的飞地

(选自《长江文艺》2018年第12期上)

韩宗宝

雏菊

她怀抱着雏菊,雏菊也怀抱着她
她穿着浅蓝色的棉布裙
布裙也穿着她,她黑色的眼睛里
闪着雏菊一样的光

昨天她还走在乡村的黄土路上
今天她就站在了城市的红绿灯前
她睫毛的黑栅栏那么密
像被高楼切割后的天空

她像一个从沉睡中醒来的人
眼前的一切让她觉得无比陌生
她是一株从冬天里醒过来的植物
她仿佛这个早春城市的第一朵雏菊

她有着白色的裙摆黄色的心
她是人们在昨天的记忆
她带着清晨的不属于城市的露水
她在城市逼仄的夹缝里摇曳

昨天她还静静地站在野地里
今天就成了春天的一则讣告

它站在了中心广场的大屏幕上
像一只孤独而沉默的云雀

在早春的微风里她像一个
可以随时被毁掉的证据
永远怀抱春天和雏菊的姑娘
通过她我看到了更多的雏菊

童年之诗

不是蜻蜓也不是蝴蝶
我那数十年前的童年
是一只小小的蝉蜕

一个壳里面已空空如也
要如何才能再次进入
这件窄小的衣裳

它一直还在原地
在某段树枝树干
某根草茎某道篱笆上

静静地卧着经着风吹和日晒
草长莺飞它都不再动了
风吹时才微晃发出细细的声响

多少岁月过去了
它还在那里一动不动
它竟然可以独自停留那么久

那时一心想要长大
一心想要彻底摆脱掉

童年这件衣裳

当年抽身而出的兴奋与喜悦
脱离开它那一刻的激动与战栗
如今已然成了无边的怅惘

一只纤毫毕现的蝉蜕
一个空洞无物的童年眼神
一味透明易碎辛凉解表的药引

（以上两首选自《星河》2018年夏季卷）

何向阳

走在沙堆起的彼岸

没有人如你
轻唤我的名字
为留住前行的步伐
以风的利齿
咬噬我的脚踝

我不肯跌倒
把我踉跄的背影
留给海吧
在你的教科书里
我永远是带伤飞翔的
鹰

故事太多了
不知该从哪儿听起
重复太多了
而总在相似音符出休止

走上沙堆起的彼岸
蓦然回首
海礁举起了珊瑚的手臂
我知道那是我的形式

我向往的姿势

面对变幻
傲然耸立
如碑
不纪念时间
不追逝过去
只为昭示世上
还有
一种坚贞
一种等待
一种大海也淹没不了的爱
一份天空也覆盖不了的真挚

秘密

我把花瓣撒在
你的门口
躲在阴影里
为听你清晨开门
一声爱怜的叹息
为看你前倾地弯下身躯
捡拾我昨夜写下的
枯萎而曾经鲜亮的
诗句

为看你的目光是怎样
遍吻我泪水的痕迹
正是为了一个心愿
一个积蕴多年的秘密
我才这么等着
从黑夜到黎明

颤抖地伫立在
阴影里
在你夜般柔发的
浓荫里

(以上两首选自微信公众号《河南诗人》2018年6月20日)

何晓坤

多依河畔的树

多依河畔有很多树
叫得出名字的,似乎只有榕树
细想,好像还有化香树。但我知道
仍有很多树,人们叫不出它的名字
在熙熙攘攘的多依河畔
其实它们,比榕树要更安静
比化香树,更具树的本相
但人们叫不出它们的名字。
在多依河畔的树丛里,在波光中
在游客的瞳孔深处,它们
美得无名无堂,最后无果而终。

(选自《诗刊》2018年7月下半月刊)

何永飞

老树根

是妖骨,还是神骨,已不重要
是大地之骨,还是天空之骨,也已不重要
绿色,已被判死刑,或已寿终正寝
留下的褐色和黑色,是被淘洗过的时间之色
很硬,没有腐朽的间谍入侵
流水送走泥土,而闪电和雷鸣还在体内
鸟语和云影还在体内,出口已被封闭

可以把自己交给斧头,也可以交给刻刀
斧头的后面聚集着烈火,投入烈火,或涅槃
或化为灰烬,就看体内为人间饮食的苦难
有多少,而刻刀的后面驻守着护法神和魔鬼
或成为寿佛,或成为菩萨,或成为罗刹
还可以成为西施,或猛虎,搞不好变成废品
生命的再度出发,要么永恒,要么毁灭

滇西,灵魂的道场

无形之手,将我推入红尘,反抗无效
在虚伪的笑里沉浮,在滚滚人流中挣扎
从不在狂暴者面前低头,却为三斗米折腰
踩着刀尖前行,身后的跟随者,戴着面具

看不清他们的意图,交出去的心
上面伤痕累累,最熟悉的人,下手最狠

幸好我还有滇西,作为灵魂的道场
那里有高过世俗的神山,有清澈的圣湖
有长过岁月的河流,有菩萨一样慈祥的草木
它们能化解我的怨恨,能包容我暂时的
背叛,能为我打通黑暗与曙光之间的敌意
滇西,安放我最好的生,也将安放我最好的死

(选自《民族文学》2018年第7期)

横行胭脂

十月

> 卡门常在改革大街上对我说
> "这里永远是十月。空气很轻"
> ——帕斯《太阳石》

其实十月就是一个月份而已
十月在长安大地也就是一个月份而已
渭水在十月涨起来,是为了等十一月结冰
很抱歉,长安没有永远的十月
第三十一天的月亮落下去之后
再升起来的那一枚,已换了身份
而我每年会留恋十月的空气
那轻的,那古老性的空气
那适合嫁娶的空气
那柔韧的、闪着光的物质
是存在的,是存在的!
遗憾的是我找不到一个容器
来表现它。本来语言可作为容器
而我又拙于言
在十月,拙于抒情简直就是犯罪
我只能等待下一年十月返回来赎罪
改革大街上有永远的十月
而长安没有。

但我在长安十月之后的其余月份
心里会轻轻地滑过一句诗
"这里永远是十月。空气很轻"

看病记

每次去西京医院
看到密密麻麻的人群,沸腾的疾病
医生们开出的千药万方
就想到,活着才是最大的声名
医院是不同于人间任何地方的一处剧场
医药也并非人间慈祥的祖母
就诊的时钟里,没有良辰与吉时
患者带着各自的险境
战战栗栗地去 X 线里寻找慈悲
打印机忙碌地推送出数据与判断
叫号员的嗓子嘶哑了
一口白开水解救不了一个干渴的祖国
甲乙丙丁来自本省的各个郊县
戊己庚辛来自外省
为了抢夺那个老专家而相聚
老专家正襟危坐,坐在病人制造的流水线上
甲乙第一次来省城看病
带着郊县寒酸的病理
丙丁服用老专家开的药已三月
灌满药物的身体发出中药与西药混合的气息
老专家看完了片子上的结论
又在电脑上敲出五种药名
戊己手里拿着三家权威医院的三重秋雨
又来找春风
庚获得老专家的手谕,准备去做微创手术
辛带着还未恢复的伤口和炎症

陈述病情,整个陈述干巴巴的,没有用一个比喻句
更没用到一句诗
是的,这里是医院,只有沉重的日常和数不清的
甲乙丙丁戊己庚辛

(以上两首选自《延河》2018年第1期)

长安城

一座城市秋雨裹身
另一座城市是什么样子呢
关中平原,五谷喊冷
长安城瑟缩
另一座城市眉头明朗吗
秋雨站在地上
钟声传出节令
空气里划过清辅音和辅音
另一座城市用的是元音吗
一座城市坐在教堂里打瞌睡
另一座城市呢
一座城市由于饥饿感
浑身朝向渴望的盐粒
另一座城市刚刚吃完早餐
扔掉餐巾纸
一座城市继续它踉跄、悲伤的表达
它始终苦于
星辰无法站到地面

(选自《星星》2018年第5期)

侯 马

积水潭

我父亲帮我照看孩子
孩子摔了一跤
拉到积水潭医院照片子
竟然骨折了
我不禁沉下脸
那是我三十多岁
初为人父的时候
我表面沉默
心里却埋怨
父亲事业无成
连孩子都看不好
这念头使今日的我
真害臊啊

(选自微信公众号《新世纪诗典》2018年4月7日)

蝉

蝉鸣之高亢持久
堪比访民喊冤
有人视为噪音
有人视为天籁

但无人养为宠物
不仅声音
它彪悍粗钝的长相
也没有与人传情的器官
人类只能把蝉作为一个整体
摒弃贬为夏之附庸
而我
上帝给我童年的时候
给的就是一个带蝉声的童年
以及草丛中一个金黄的空壳

(选自《读诗》2018年第1期)

华 清

空白

正午阳光中直射的空白，一片羽毛
穿行在一个最小旋风的边界
像一只在空气中飞行的塑料袋。
它那么飞了一会儿，就像思绪
轻浮，虚渺，近乎不在，无处落脚
但它就那样飘着，渐行渐高，渐行渐远
最终飞出了我的视线，飞出了此刻
我灵魂出窍的世界……

冰海沉船

小提琴的旋律未免沉闷了些，他们的沉着
让我仿佛忍受了四十年。四十年来，我终于
渐渐靠近这部事实上的默片。英国人真的
足够绅士，但确乎不浪漫，他们将这样一场悲剧
差点拍成了一顿中断的晚餐。三文鱼
被摆上巨型的冰山，壁炉中温暖如春的火焰
让这钢铁之物又淬了一次火。只是那美好一刻
盛宴的桌子被一只看不见的魔手掀翻，洪水
降临，诺亚和他的方舟在片刻倾覆
冰凉的海水从脖颈灌进了梦中。四十年后
我从另一个梦中醒来，终于懂得

是那些旋律之美，使得这史无前例的水葬
变得那样体面，且无比安详与庄严

岁暮

一叠厚厚的年历只剩下了最后几片，瘦骨
伶仃，如同死于枝头的树叶。在结余的北风
或透支的账单上颤抖，瑟缩

行路人揿着喇叭，喘息中有难耐的焦急
只有小贩衣衫正单，还在路边耐心地兜售
他们永远重复的诺言。大黄鱼在路上风干
牲畜们在通向屠宰场的路上紧咬了牙关
白菜土豆，也处在急速流通的串门途中
有人在呻吟着赶往医院，有人在火化场排队
新生婴儿发出了鲜亮的啼声，有贼亮的眼神
正盯着某个倒霉蛋，一年中最后的厄运……

开始的已经开始，结束的也将结束
哦，岁暮，上天将会盘点那些人间的善恶
天下的母亲开始数着日子
地上的父亲，则开始丈量米仓和生计的厚薄

（以上三首选自《扬子江》诗刊 2018 年第 4 期）

黄 梵

筷子

筷子，始终记得林子目睹的山火
现在，它晒太阳都成了奢望
它只庆幸，不像铺轨的枕木
摆脱不了钉子冒充它骨头的野心

现在，它是我餐桌上的伶人
绷直修长的腿，踮起脚尖跳芭蕾——
只有盘子不会记错它的舞步
只有人，才用食物解释它的艺术

有无数次，它分开长腿
是想夹住灯下它自己的影子
想穿上灯光造的这双舞鞋
它用尽优雅，仍无法摆脱
天天托举食物的庸碌命运

我每次去西方，都会想念它
但我对它的爱，像对空碗一样空洞
我总用手指，逼它向食物屈服
它却认为，是我的手指
帮它按住了沉默那高贵的弦位

当火车用全部的骄傲,压着枕木
我想,枕木才是筷子的孪生兄弟
它们都用佛一样的沉默说:
来吧,我会永远宽恕你!

(选自"中国诗歌网"《每日好诗》2018年8月6日)

黄礼孩

我爱它的沉默无名

夜气,星宿在上升
密纹唱片发出柔和之声
年轻的传说点亮了爱
清冷地悬在蜘蛛网上
那些听着自己回音的昆虫
身上已经覆盖了发亮的露珠

蓝条纹的丘陵群鸟一样穿过
少女起伏的秀发
游弋的线条是时光的窃贼
仿佛大海深处水草的梦境
缓慢地沉入,菠萝地里

我的凝念由此而生
这无边缄默的菠萝的海
在它尚未被命名之前
我保存着这份空缺
只爱它的沉默无名

正午的花园

云的眼睛被蒙上一层面纱
植物与建筑之间填满渺小的时刻
一只猫追逐在花园,它善于此道

日子不足,时间的谬误织出一匹布
裹着幽暗的命运,那惊恐的心灵
不断放弃着日常的玫瑰

岁月的债务越积越多
如何偿还这漏洞百出的人生
雨水正奔腾成生活之河
逆光的春天
为蜜蜂跟随,等待一场意想不到的造访
光线移动,未定之物犹豫不决
你从费尔南多·佩索阿那里借来一个世界
正午之词观测了生命的水文,微微闪亮

(以上两首选自《诗歌月刊》2018年第6期)

霍俊明

灵光寺闻礼忏声

雨来,避雨
你和他人无异
和那些暮晚的蝉也没什么区别

听经的人,在树下招惹蚊蚋
蓝色的童车停在屋檐下
这都不是有意的安排
雨也不是偶然的

孩子被母亲抱着
四肢垂落,眼神呆滞
礼忏声将佛堂和童车
暂时填满

雨还未停,唱经已经结束
僧人在雨中喧哗
甚至听到了其中的方言

仿佛大病初愈

此刻我路过寺院
秋日的阴影

灌满动物的脏器
旃檀树
吹息风声如雨

不偏不倚的正午
空有一心
跪拜的人仿佛大病初愈
进食的猫
还在来的路上

树丛都有隐藏的根系
蚊蚋绕耳
高处的叶片布满鸟粪
我们却把这一切
都看作不可见之手的赐予

（以上两首选自《扬子江诗刊》2018年第4期）

吉狄马加

感恩大地

我们出生的时候
只有一种方式
而我们怎样敲开死亡之门
却千差万别
当我们谈到土地
无论是哪一个种族
都会在自己的灵魂中
找到父亲和母亲的影子
是大地赐予了我们生命
让人类的子孙
在她永恒的摇篮中繁衍生息
是大地给了我们语言
让我们的诗歌
传遍了这个古老而又年轻的世界

当我们仰望烂灿的星空
躺在大地的胸膛
那时我们的思绪
会随着秋天的风儿
飞到很远很远的地方
大地啊,不知道这是为什么?
往往在这样的时刻

我的内心充满着从未有过的不安
人的一生都在向大自然索取
而我们的奉献更是微不足道
我想到大海退潮的盐碱之地
有一种冬枣树傲然而生

尽管土地是如此的贫瘠
但它的果实却压断了枝头
这是对大地养育之恩的回报
人类啊，当我们走过它们的身旁
请举手向它们致以深深的敬意！

听送魂经

要是在活着的日子
就能请毕摩为自己送魂
要是在活着的日子
就能沿着祖先的路线回去
要是这一切
都能做到而不是梦想
要是我那些
早已长眠的前辈
问我每天在干些什么
我会如实地说
这个家伙
热爱所有的种族
以及女子的芳唇
他还常常在夜里写诗
但从未坑害过人

（以上两首选自微信公众号《诗歌的脸》2018年9月7日）

见 君

神秘的树林

站在雨地里，
那个一只胳膊的人，
在研究完自己的掌纹后，
走到那片树林的东南方，
用石头，
堆起自己的坟。

树林里的蝙蝠趁黑夜飞来飞去，
它们吱吱叫着，
呼唤着飞虫的名字。
飞虫们，
默默地飞舞着，
念着经文。

这恐惧和神秘，
这树林，
受了惊吓的叶子，
纷纷藏进树的年轮里。

每一棵树都在忍着疼，
一点点地，
从大地上，

拔出自己的根。

无人说话

子弹射出后,
整齐排列的枪,都选择了
沉默。

天空下,
铺天盖地的白——
一个诊所连着一个诊所。
每个诊所门口,
都有一株生病的草,
扶着世界的前额。

一条鱼,
一条被射中的鱼,
在岸边,
看着水,
以一成不变的姿势,
疯狂地跑着。

(以上两首选自《诗探索》作品卷 2018 年第 3 辑)

江 汀

在北京,每天拂去身上的灰尘

在北京,每天拂去身上的灰尘。
我回忆这一天如同历史。
白日的困境消失了。
水果的价格已经变得便宜。

秋天的萧瑟不可言喻。
灰尘变得寒凉,在人群中被推挤。
地坛围墙翻修,雍和宫黑暗一片。
但我并不是从外地回来。

空间里满是灯笼。
道路被烫过漆,像齿轮缓缓转动。
这样的生活,我从来没有经历过。

只有西山拼贴在画面底端。
此刻,它们好像蓝色大理石。
而我掂量自己心脏的轻重。

我曾身处那模糊的街巷间

我曾身处那模糊的街巷间。
一个黑色、潮湿的上午,

漫游者即将离开城市。
这适合于人们阴沉的准备。

对于修辞,我们无能为力,
楼下却有自行车驶过。
还有一个咧嘴笑的小女孩;
我们会重新找到那些肃穆。

但溃散得太多了。
我为何又回到这里,
仿佛在别处度过了时日,

仍需继续凝视这些屋顶。
昏暗中我听到你的消息,
像是从南方带回的一块冰。

(以上两首选自《诗刊》2018年5月下半月刊)

江　雪

诸神的语法

我终于在走投无路时
选择一个孤僻而荒诞的避难所
乡村语言的避难所
我开始习惯用方言诵读诗篇
在黑暗中窥视诸神的眼睛
窥视，其实是怀想
我还怀想幼年时期的自然语法
它纯真，美好，赤裸而
性感，包括幻想中的少女和她的乳露
诸神的语法，对我而言
或许是另一种法律
充斥虚胖的色情自治
诸神的天空
悬挂充满蛊惑的亚洲铜月亮
我发现一个秘密
诸神的殿堂，摆设很多空椅子
整体向左微微倾斜
某日正午，诸神长久地凝视
他们的女王
拖提着长长的裙子
从右侧城门，缓缓步入长生殿

春的秘密

那些草木,酷似干枯的尸体
依旧摇荡在田野深处
灰色的田野
像去年拜见的僧人袈裟
肃穆,静寂而宽怀
它们包藏冬日的慈悲与香寒
春的秘密,亦藏于那些
枯死的草木中

(以上两首选自《诗歌月刊》2018年第11期)

冬日抄

我爱着,一直爱着
爱着它的愚蠢,它的残忍

伤心的河流
一直在痉挛,喘息在大地深处

陌生人深夜来信
菊花台上,油灯熄灭

守夜人,不想收割
大片大片的,死亡的白桦林

黑暗中的石头,在空中飘落
像星星一样,拒绝坠落

一群鲑鱼,拼命地挤入理想的漩涡
自由的生命,如此归于寂灭

(选自《草堂》2018年第11期)

江一苇

打草惊蛇

你曾揍过我,用灶膛里拨草灰的烧火棍
你曾抱过我,在我哭累了将要睡着的时候
我曾多次跟着你去山中打蕨菜
你用一根棍子扫除草尖上的露水
也惊走伪装成树枝躲在暗处的毒蛇
但你并不知道有一个成语叫作打草惊蛇
那时候的蕨菜便宜极了,一斤才两毛
而我们几乎从没有吃过
我只记得你总是小心翼翼,按照长短
将打来的蕨菜整好,用橡皮筋扎成把儿
然后拿到集市上卖掉。那时候的你还年轻
走路像个男人。那时候的你也没现在胖
我从没见过你喘气。你有一根棍子
无论是烧火还是打蕨菜,你从没怕过什么
但为什么,我还是觉得你可怜
时常感到难过呢?难道仅仅是因为这两年
父亲不在了吗?当我整夜失眠
没来由想哭的时候,母亲,你知道吗
我多想你就在身边,用你粗糙的双手抱抱我
当你偶尔在电话中说起村子里的家长里短
说起某某家的不孝子孙,母亲

你知道吗,你又一次拿起棍子打草惊蛇了
你打的是别人,惊的是我

　　　　（选自《诗刊》2018年12月上半月刊）

敬丹樱

冬至

此时莫提月光。风声那么紧
怎能听见月牙在枝头唤冷。此时莫提蜡梅
骨朵噙泪也好
含香也罢,等的,都不是我

此时莫提酒。烧酒锋利,是直戳心窝的刀子
狠,并且准。醉话颠三倒四,绕不开的
是个痛字

此时莫提羊,作为时令的祭品
它绵软的肉质,奶白的汤汁,和我们张开的心脏
一样无辜

最长的冬夜
辗转难寐的人需要一盏灯。世界需要一场温补

火车窗外的白鹤

越过开碎花的苦楝树
穿过青翠的柳林,掠过籽实蓬勃的油菜地
三只白鹤在小水塘停下——
追逐。耳语。啄食。小跳。

最小的那只,是我的女儿
她反复弹奏 a 小调舞曲,她刚在蒙古族舞里,
结束一串漂亮的侧手翻
她与绿山墙的安妮亲如姐妹
哦,她羞于提及她的脸是蛋壳做的
一捏,就碎了

山高水远,朝着三个方向
三只白鹤振翅飞离
火车的轰鸣声咽下了电话里细小的哭腔

今日天气晴好
愿上天为她的泪滴里倾注阳光

(以上两首选自《十月》2018 年第 3 期)

君 儿

地球柳

弟弟告诉我
美国的谷歌地球
能定位到老家的老柳树
只要找到了它
也就到了老家
三十年前我大学放假
和父亲一起下地干活
发现了这棵柳树苗
求父亲把它挖来
栽在门前的水坑边
如今我一个人
都已抱不住它
三个亲人已故去
它却上了天上的地图

（选自微信公众号《新世纪诗典》2018年9月2日）

小人书

年轻时父亲是村里的高材生
初小毕业后考上市里轧钢厂
每次回家父亲都会带好吃的

和好玩的给他的四个子女
我和姐姐最喜欢的
当然是小人书
那时最幸福的事是听父亲
给我们读小人书
《一块银元》便是其中之一
父亲读得认真仔细
我和姐姐静静聆听
有时我看到姐姐无声流泪
她那么善良和敏感
我却顶替她成了后来的诗人

（选自微信公众号《寻梦诗院》2018年7月9日）

孔令剑

零点

无限大或无限小
指向更远或者更近
一幅画,一片灯光
有时仅仅,是一次碰杯
一句错话
不是因为即将逝去而是注定
要不期而至
小心翼翼将一个又一个夜晚深藏
区分,隔离,为它们
贴上标签,它们因此不会篡改
连成一体
就这样,黑夜闪动睫毛
保存阳光的秘密
现在,当我坐进又一个零点
它们便会列队走来
让我欣慰:无论如何
又走向新的一天

(选自《诗刊》2018年9月下半月刊)

形象：破碎与完整

我敢保证出生那一刻
我完整无缺，我的哭声
也是如此。陆续
有人从我这里拿走：
一个嘴角——不小心漏掉的
几个词，某只眼睛——
事物飘动不羁的影子
有时，仅仅是一小截毛发
一点死去的细胞。
于是我的肢体渐渐分布
如微尘，在空气中。
我也不停从别人那里
取回一些东西：
一段耳孔——为了倾听秘密的尾音
半管鼻息，要把握的一个节拍
一片儿似是而非的笑意，有时
仅仅是半个指纹
差不多就是我已经失去，和
即将失去的那些。
于是，我终将会保全那一个
我想是而可能完全不是的
另一个，以便，当我决定离开
我能用微笑，换回
尽可能多的哭泣——如果有
如果需要，我会把它们
全部挂到树上，秋风一来
我可以听到自己，浑身在响。

（选自《草堂》2018年第5期）

蓝格子

山林之诗

秋天已经降临。身边的树
还坚持着自身尚未完全消退的绿色
再晚些就好了,整座山
都会变得五颜六色
我们用去一个下午的时间在山中闲逛
对于秋日之辽阔与大地之苍茫
却并未真正理解
去年我们就到过此地
遇到一只从树上跳下的松鼠
现在,没有松鼠
风依旧从山林吹过来
我们总是不能免于被记忆所牵扯
而无法让一座山,一棵树
或一段路,为我们分心
天气发出越来越凉的讯息
马上就是深秋,接着是冬天
万物沉浸在自己的命运中
无法自拔。我们也只好低头
继续走。仿佛有一种
藏身在密林深处的孤寂
正等待我们去造访。

一只干枯的松塔

阳光照耀着寂静的松林
一只干枯的松塔
在同样干枯的草丛里
显得孤独,且从容
是什么使它放弃生长的高枝与孤傲的心
是它自己坠落,还是被风吹落
在它掉落的瞬间是否也曾
给大地沉重的一击
从山中离去,当我回身仰望
才明白松塔落下的原因
更多的,是一座山的力量
使它不能承重
我并没有目睹它在枝头摇摇欲坠
和掉落地面的全过程
但可以想象,一只松塔
是如何被抽去生命的汁液
和它终于无可忍耐
发出的,那"嘭"的一声

(以上两首选自《扬子江》诗刊 2018 年第 4 期)

蓝 野

处女作

我用整齐的句子
罗列了春天的各种颜色
最后说,女同学的脸庞就是这样
"多彩红艳"
我写诗了!当作完成了作文

老师怪模怪样地读后——
"排比罗列不是诗,
拐弯抹角地写女同学不是诗!"

现在,每当我批评别人的诗歌
总会突然想起他的腔调
立即红了脸,转移话题

花开烂漫的春季
我就会想起处女作——《春天》
最好的诗,写在了最好的年纪
可是,在教室里被喜欢《萌芽》的老师批评过后
我就将它撕掉了

南涧村小

南涧村小是石头砌成的大院子
村里办高中时,我们管它叫小学
几个村子合办初中时,我们还是管它叫小学

现在,它被弃置在那里
外墙上的黑板斑驳,万岁的标语
换成了壮阳广告,我们依旧管它叫小学

院子里的几棵松树
还在听着大自然和村庄的小学课
那是星星,那是风雨,那是落日……

从姥爷家走出村子有两条路
都经过小学,到小学之前
要先过一座黄黏土山包
或者一座花岗岩斜坡
从懵懂少年到头发花白
哪条路,我都走得东倒西歪

(以上两首选自微信公众号《夯见诗社》2018年11月16日)

蓝 紫

与君别

此刻我扶着栏杆,克制体内的宿醉
往事闪闪发光。此后,我们将以虚无相拥

面对同一个月亮传递体温,以不能述说的
秘密相互慰藉,躲在相同的孤独里嘲弄生活

时光匆匆,但我还不愿意老去
黑暗始终存在。我们以彼此的爱

拨开生命的雾霾。隔着山脉与河流
行走的背影正温暖一个人的梦境

演奏者

在八十八根琴键之上
她搬来了阳光、雨水
鸟语和花香,昆虫的鸣叫声

她的手指挥舞,释放出体内
快乐或忧伤的精灵
这些活泼的精灵
与台下每一个人的灵魂共舞

黑暗中她的手指透过音符，抚摸
颤抖的心脏，密布的血管
并拂去上面的尘埃
把我们带向林中的无人之境

音律剥去了伪装，我们赤条条的
仿佛来到创世纪之初
并慢慢退化，先是一只鸟
然后是一只猩猩，一只猴子……
最后，是一粒尘埃
附着在音乐大厅的座椅上

（以上两首选自《诗歌月刊》2018年第2期）

老 四

衡阳记

我是稻子,是水田的姿势,是腰肢半扭
是绿,是水珠骑在荷叶上
我是莲花,是粉红,是一只小青蛙
是粉红落在绿上,青蛙内心的滂沱

我是王船山,是他门前最后一级台阶
是湘江爱过的一丛山丘,是一棵竹子
是雁停在唐诗上,是汉字转化为音乐时的口型
是石鼓书院的夹竹桃,是朱熹门徒中最笨拙的一个

稻田连着稻田,藕池连着藕池,我连着我
一条鱼连着一条奔腾的大江
我是南方,是寻找走失的我的旅程
是半个国度山岳纵横,静止在雨季片刻安眠

滚动的都是美好的

他在滚动几个扎啤桶
他在夜里惊动大地
他在收缩人类的扎啤屋
他在我们的小区里走来走去
他在秋天降温的途中抽一根烟

他在擦洗每一张桌子
他在回忆里赶往青藏高原的军旅生活
他在代替老父亲经营一桶桶扎啤
他在一群人里唯我独尊
他在隔壁妻儿的鼾声中又抽了一根烟
他回忆了一个世界
他端起一杯酒，敬在座的兄弟
别再喝了，明天还有，世界上还有
扎啤屋在我们心里
世界上只有一个扎啤屋，只有这些醉鬼
如此寂寞，如此不堪一击

（以上两首选自《诗刊》2018年10月下半月刊）

雷晓宇

致女儿

被雷电击穿的夜空下
女儿抱着妻子说
宝宝不怕,妈妈也不怕
那个与我长年对峙的女人,抵消爱恨后
变得形同陌路的女人
被我的女儿,如此深情地爱着
我才两岁半的女儿,不仅为她分担了
众多漫长的黑夜
还为她抵挡住了我送去的
一阵阵绵里藏针的雷霆

(选自《诗刊》2018年12月上半月刊)

李成恩

桃花潭水

1
历史的镜子里一潭桃花,李白的面孔
浮现。他集合了山水与桃花的精神
他俯下身子,像一只步入晚年的仙鹤
他吹开水面,看见乡绅汪伦向他招手

过来饮酒,友情的盛宴摆满万家酒店
过来呷花,虚拟的桃花开在皖南的腰上
李白的性格决定了这一场历史的赴会
山水的性格决定了历史的容颜万古常青

2
来了,水墨画的气息适合流水的速度
来了,皖南的气候正是饮酒作诗的气候
衣衫里的人在美酒里游荡,形同仙鹤
此地甚好,虚拟的桃花恰到好处

缓慢的时光恰到好处,木屐踩着了
鸟鸣。鸟鸣加深了那个朝代的修养
也加深了李白的醉意,如果没有变化
今天的鸟鸣应该是李白细碎的笑声

3
船上的李白与岸上的李白是两个李白
他有一双细长的桃花眼,他眼里的汪伦
个子不高,安徽男子的身材均称
性情温顺,李白认可这样的男子

时光的绸缎献给了泥泞的徽道
诗歌的流水制造了不朽的友情
桃花潭水哗哗翻滚,像喝醉了的李白
怀抱汪伦墓的游客跳下了桃花潭

4
我祖籍的山水诱惑了李白
李白的浪漫等于大气
李白的酒量等于善良
那一年李白等于汪伦

他们在一起有多久
我从桃花潭的流水上找到了答案
潭深,水底有隐士
山绿,鸟语通古今

朱砂

在贵州务川仡佬族苗族自治县
我试着做一个炼朱砂的人
这七天我可以静心学习古人
在空中鼓掌三声,然后跳下
牛车,这土地啊发烫

在黔、渝边沿的大山里
我生起一炉柴火,火光照亮了

乌江水,水火交融
天地万物汇于一个小小的吊锅
吊锅煮沸了白云与主动投身的
四面青山,吊锅啊发烫

我坐在一炉柴火旁,我的脸
微微发烫,我脸上奔跑的野兽
与飞鸟,它们静静等待我的耐心
要把青山、河流、野兽与满山的
飞鸟,全部炼成朱砂,需要多少
爱?需要交出多少哭嫁的泪水?

我坐在仡佬族苗族兄弟
姐妹们中间,朱砂闪烁
欢乐渊源流长,乐器齐鸣
我守着丹砂古县倾斜的
夜空,明亮的脸微微发烫

(以上两首选自《西湖》2018年第1期)

李 东

云海之上

恍若梦境,巨大的钢架结构
震颤着闯进了迷雾世界
嘶鸣声起,后退的云层
被巨大的机翼切割,又迅疾合拢
恰如一尾鱼浮出水面的过程

耀眼的白,大海般浩瀚
白茫茫的远方,像升腾的雪域
虚幻而又明亮
把经验延伸成斑斓的童话

机窗外,滚动的云朵
不断变幻着轻盈姿态
不羁的白马,水晶城堡,巨轮
这些奢侈的艺术品
在云海之上稍纵即逝

洱海之夜

陌生人以陌生的方式闯入
把一段孤独的海岸线据为己有
被雨水狠狠打湿

洱海之月,跌进深不见底的水里

风自下关而来,穿过密集雨水
将一场奇妙的相遇再次推迟

黑夜里的事物,只能交给记忆
或者想象。而此刻,所有的画面
深陷于一些似曾相识的剧情

洱海之夜,我拥有漆黑的辽阔
和潮湿的孤独。零星灯火
在水面波动,像黑夜虚晃的出口

(以上两首选自《中国作家》2018年第9期)

李 浩

博弈

天空下着乳头,所有的
世纪,所有被爱过的
白昼,所有的巨人,
都降临在死亡之谷。

我没有悲伤,我没有痛苦,
只是我身上的狮子,在疯狂地
撕咬着,如同夜空里

起伏的镰刀头。我坐在地上,
用酒燃烧我的骨头,我多么渴望稗子
也能成为我的血肉。

我从地上站起来,用手抠出
嘴里的碎石,喉咙中的德胜门,便在蜜蜂的
歌声里敞开。

与臧棣、谷禾、路云游洞庭湖,遇见行星

光柱,从截断的金雨树里
倾泻下来,流进沉睡的
兰江。鸟群随对岸的岛屿,和岛上的

树林,飞升着;来往的,
无法救拔的幽魂,在水面上,
开动船只,止于雾中:他们日夜不停地更换抽沙泵,
日夜不停地吞噬
湖底的砂石,以及禁闭的晴空。
现在,他们划开荆江,准备回到轻风
吹过的湖滩。青翠的松涛里,
隐现的风铃和哭泣的
楼群,好像死寂的泉水。河流,光块,白鹭
在这里,被逐渐钉入楼梯。

(以上两首选自《珞珈诗派2018卷》,长江文艺出版社2018年5月版)

李 瑾

庸常之爱

没有什么比眼前的更为实在。酒馆逼仄
道路被车辆拖进了凌晨一点
几点昏黄的灯光
闭紧所有的窗子,一两个行人,是白天
遗留下来的风霜。我知道,风有自己的
沉默,山有自己的坑洼
它们都和这个世界平行,都会有来不及
说出的爱和悲伤。生活并不是那么黯淡
如果是
我就尝试着爱上
爱上白露把草根储存在蝈蝈的叫声中
爱上人群中缭乱纷扰的世事,和在夜晚
搁浅的忙碌庸常。夜晚,光阴是盛大的
光明也有了盛开的地方
我会独自幻想白雪皑皑,独自
将弯曲缠绕的秋日抹平。夜晚和秋日是
我能想象到的最美好、最蓬勃的东西了
春暖花开,也许是另外一种残酷和颓唐

(选自《诗潮》2018 年第 5 期)

光阴是我最好的亲人

人间草木都是我的亲人,包括短暂的
让我爱下去的恨
包括将一只蝴蝶拖入无限辽阔的秋
它临终时的一眼,让萧萧落木又重新
发芽,又重新把那些不甘哗哗地送进
风中。包括无限
偶然和可能,它视我们如亲生。包括
临死肚子空空如也的那个邻居,他的
怀疑不会比雪花
坠落前的瞬间更深更重

人间草木都是我的亲人,我们搀扶着
彼此,光阴从千里外赶来,停也不停

秦岭

一阵钟声被乱石止住。乱石中,几只
小鸟腾身而起,飞出山巅,飞出秋天
渐渐没入黎明的尾部
沿着睡眼惺忪的小路
我一个人走着,小草在暗处,准确说
小草尚在昨夜昆虫的叫声里,空气中
隐隐带有枯萎的气息
多么奇妙
这种气息饱满而多情,将会借助落叶
回到春天,回到这块高于夜晚的山地
在这里行走
必须学会寂静,学会
以一颗草木之心面对世事,学会
以一个树的姿势举着人间累累的果实

我身后,还有一个老者
缓缓地走着,一千三百公里的嘉陵江
回到源头,蜿蜒向北、向南又拐向西

(以上两首选自《诗刊》2018年4月上半月刊)

李林芳

自画像

总是愿意低头,青草袭来暗香
野花在侧,一路开放
雨水洗过的石头,有清矍之气
秋风吹拂过的溪水,一下子就老了
一如既往的懵懂
仿佛时光镜像里的母亲
一直在这里,又像从没来过
而我,从我的旧影子里走出来
山川在,河流在,爱过的艾草长满山坡
紫苏在微风里荡漾,叶片乍起细密的锯齿
一闪而逝的锋利,对万物
持有戒心,也只是偶尔乍起羽毛
再缓缓倒伏下去,小刺,微毒
按下不表,与世事暂且和解
有草,有木,方方正正的笔画压住轮回里
蒸腾的野气
在人间,适时下沉
像日落西山
收敛羽毛,藏起老虎汹涌的金黄

马架子村的小野花

我多想和她们一起
度过安静短暂的一生
随风而起的乳名,被远山悄悄咽进方言里,不让你知晓
涌动的小小伤悲,不必说出

我把它们叫作满天星,纸灯笼,玻璃盏
叫作木钗,铜铃,打碗碗……
像一次盛大的集结,卑微的出身里,我所有的花朵在野
所有的过眼云烟夹道
她们配得上远山缠绵,细雨斜披
配得上晴空,滴露,铺金盖银的好天气
配得上木篱笆,深山,老林子
一个远道而来的人,疾驰的马蹄
敲打的白山黑水,她们配得上枪戟,刀刃,疾风
和烟火气。冷冽的暮色里,她们明媚、娇艳
只想告诉你,她们,只有她们是真的
其他的……都是赝品

(以上两首选自《诗歌风尚》2018年第3卷)

李满强

自由

过斑马线，一定要记得给流浪狗让路
即便是地铁拥挤，也不要轻易打扰一个正在读书的人
取款机旁遇到戴口罩的年轻男子，你得留心他的善意
但如果想顺利通过机场安检，那就请你顺从地举起
双手……

在马路上捡到一分钱，你不用
急着交给警察叔叔，可以选择丢进乞讨者的饭碗
倘若你看到一个摔倒在地的老人，请你三思
之后，可以选择扶起来

怀揣理想的鸟从天空飞过
为米粒奔波的蚂蚁从尘埃里爬过
你看，街道两边树木都被园林工人精心修剪过
他们都有着一张向往自由的脸

（选自《广州文艺》2018年第11期）

李 南

未来有一天

巴赫永恒,李白也不会消失
在未来的日子里。
未来一定会有人审判我
点燃火湖和硫黄——但不是你们。
未来一定有人重新将我阅读
从沉默的中心抽出新枝。
那时蛀虫不再啃噬粮食和木材
智能化生活控制了城市
那时我已痴呆,在秋风中哆嗦
或许早已被人们忘记。
并不是我提前吞下了死亡的解药
有意在时间中停留
而是恰巧——我保存了上个世纪
最黑暗的记忆。

天涯的风醉人

天涯的风醉人
三角梅铺遍了大街小巷
我来自北方——来自雾霾、哮喘病和
日复一日被冻僵的生活!
现在我蛰居在此

悄悄地藏起对你的记忆
大海，清风，明月
熨平了尘世间的沟沟坎坎。
我沉醉于此，差点忘记了
俄罗斯，风雪弥漫了几个世纪
沃罗涅日。苦役犯奥西普接过了
勃洛克手中的神灯。

（以上两首选自《深圳诗歌》2018年第1期）

都说时光如水

你无形无味，难以被我们描述
只在线装古籍中留下痕迹。
《诗经》中的植物
有的改了名字，有的已经绝种。
从冷兵器到核战争
人们已将国土重新分割。
没有谁得到过你的垂怜
能够战胜死亡，并超越死亡。
大地匆匆翻阅着四季
星球转动，日夜不停。
他那白发和皱纹
取代了曾经的花朵、激情和野心。
哦，都说时光如水
都说你千秋万代不曾断流
你把日子研磨成粉末
给每一个人喂下。

（选自《草堂》2018年第1期）

李轻松

家史

身前的经书,身后的虚无
还有我这代人丢掉的家谱

我的颧骨上有花瓣、云图和族谱
指甲上有太阳、五行与肺腑

眼里有香火、疑惑和追问
在四十岁之后,开始莫名地想起祖母、祖先

大地向流水托孤
我向着西风吟出瘦马、断肠诗

有浊酒、针线和母牛
壁垒、歌哭,和爬过山顶的身影……

(选自《诗刊》2018年8月上半月刊)

青萍之末

风起之处都是细小的——
在青萍之间,起于一念。
我被风劫持到此,爱被蒙了面

我一步三摇,碎步行至空旷处
那绊倒我的水袖、水草和水仙
都在风中退后、观望。
是一段唱腔将我扶起:
"眼看他起朱楼,
眼看他宴宾客,
眼看他楼塌了——"
我的桃花扇刚刚打开
更大的风雪就封了我的口——
我要借的是东风还是西风?
都被一把刀抹煞。被闪到一边的蝴蝶
一半吹到湖面上,一半吹到林梢上
我忍住春天,忍住鸟鸣里的水、万物里的金……

(选自《诗林》2018年第7期)

李少君

长安秋风歌

杨柳青青,吐出自然的一丝丝气息
刹那间季节再度轮回,又化为芦苇瑟瑟

陶罐,是黄土地自身长出的硕大器官
青铜刀剑,硬扎入秦砖汉瓦般厚重的深处

古老块垒孕育的产物,总要来得迟缓一些
火焰蔓延白鹿原,烧荒耗尽了秋季全部的枯草

我曾如风雪灞桥上的一头驴子踟蹰不前
秋风下的渭水哦,也和我一样地往复回旋

一抬头,血往上涌,一吼就是秦腔
一低头,心一软,就婉转成了一曲信天游

戈壁滩,越行越远的那个人

空空荡荡的戈壁滩上
人可以弄出很大的动静
在大风的推动下
人可以制造出更大的动静
更不要说顺着风走向戈壁深处的一群人

他们去寻传说中的宝石,争先恐后
很快就不见了人影,消失在远处

但走得最远的那个人
是一个走向了相反方向的人
他也许是被风景吸引
他逆风而行,越走越快
先是消失在戈壁滩边缘的草丛里
最后,彻底从我们视野之中消失了

　　　　　(以上两首选自《十月》2018 年第 1 期)

李小洛

低语者

到底怎么了
为什么连我自己也不知晓
大雨一直下
你最关心的
新一轮台风,就要登陆

服了镇静剂、药
还是失眠
那即将到来的洪水
新的洪水,真的就要来了吗
左眼不停地跳
右眼还有一些隐私,不可言说

没有人比我更迷惑
也许,还需要一间教室
引我走出这迷途
潮水在蔓延
看不到庄稼、庭院
我也看不到你的树木
你园子里的瓜果

旅行者

至高无上的神也无法说服我
没有人能比台风
说出更多

有一所教堂，离你很近
你在一片大海上住着
有时候我会把路上见到的陌生人记下来
说给你听，有时候
连我自己也不知道
谁在那里漂着

没有一丝风吹过什么
也许，并不需要有一丝风
来打破什么
有一副枷锁，我仍然愿意
随身背着
走到哪儿，就带到哪儿

有一些事物，蛊惑了我
但是，我推开窗
转身，我就将房门紧闭
虽然，并没有人要从这儿
抢走什么
并没有人，抢走什么

（以上两首选自《草堂》2018年第11期）

李元胜

那些未能说出的

夏天，写过最炽热的段落
冬天，逗留在它沉闷的尾声
我在一个词和另一个词之间
犹豫，它们的距离有多远
我心中的深渊就有多深

秋天太短，短得就像一个人的转身
来不及寄出的信纸
沿街飞舞，那些未能说出的话
每一天都在重新组合
就像散步时，天空变幻的树枝

同样短的还有春天
就像一个耀眼的信封，里面
折叠炽热和犹豫
却没有任何具体的内容

多数时候，我是没写出的部分
不在信纸也不在信封里
我是信开始前，那激动的空白
我是诉说的喧哗下面
河床的深深沉默

北山夜游

那些祈福的走了，那些掠夺的也走了
这世上，仍然这么拥挤
我们成群结队地夜游
看过诸佛，又看一个坏人留下的好字
你说，坏人为啥能写这么好的字
为啥坏人的字还能保存得这么久

经常是这样，在人群里茫然地走着
栖身于奇怪的问题
其实分不清楚身边走着的
是低眉的菩萨，还是比我更茫然的石头

或者，我们都是这些石头
只是轮流在世间走动，喝茶、吟诗
倾吐缓慢如千年的风化之苦
最终，我们都要放下骑了一生的白鹿
回到北山的石壁之上

或者，在另一座南边的山下
一群人走着，其中有一个茫然的人
是我的菩萨，我们错骑了彼此的白鹿
这不是错误，只是上天有趣的安排
他一定还安排了另一场夜游

让北山的夜游人，拥有
工匠们精雕细刻的法相，让山巅诸佛
做一天人间的悲欢血肉
让另一块茫然的石头，比如你
在南方低眉俯视着我

我必须赞美,赞美你成为我的菩萨
以及,这其中曲折而漫长的因果

(以上两首选自微信公众号《小众雅集》2018年10月9日)

李昀璐

明湖之夜

夜是从湖底向上走的
星光沉在湖底,天上浮起灯光

我们并肩走过狭窄的城巷
灯一盏盏暗下去,你渐渐亮起来

很久没有过这样的夜晚,在人群之外
对着一汪明净的水,虚度彼此的夜色

什么都是多余的,包括爱你

(选自《滇池》2018 年第 8 期)

李长平

哀牢山上的诗

一块陨石毅然决然奔向地球
还没到达地面就化成尘埃
一朵绽放的小花
被一场冰雹打烂了所有的努力
这样的事情
明天还会发生

是谁抽空了你的精血
赤脚行走大地的你
踩到荆棘、尖石、玻璃、钉子、刀尖这些伤人的东西
你已习以为常
以毛发化林、以骨助炊、以血喂民这些举动
已成为你的日常功课
你的内生动力
带来了哀牢山的翠绿和绿汁江的奔流

你最后的精血哪里去了
哀牢山上，有音乐和诗

（选自微信公众号《英雄与美人》2018年9月26日）

梁 平

卸下

卸下面具,
卸下身上多余的标签,赤裸裸。
南河苑东窗无事从不生非,
灯红与酒绿,限高三米,
爬不上我的阁楼。
南窗的玻璃捅不破,不是纸,
窗外四季郁葱,总有新叶翠绿,
滴落温婉的言情。
真正的与世无争就是突围,
突出四面八方的围剿,
清心,寡欲。
阅人无数不是浪得虚名,
名利场上的格斗,最终不过是,
伤痕累累,体无完肤。
把所有看重的都放下,就是轻,
轻松谈笑,轻松说爱,
轻轻松松面对所有。
任何时候都不要咬牙切齿,
清淡一杯茶,可以润肺明目,
看天天蓝,看云云白。

流浪猫

它的身世可疑。
它的行迹可疑。
它流浪，在暗处与鼠类勾肩，
行走阴湿的下水道。
我对它的怜悯最初是一条鱼，
鱼刺被它当成剑，起舞于月黑风高。
我继续在它出没的角落布施，
牛奶、猫粮、无刺的虾米，
希望它立地成佛。
我不能与它对话，可以宽恕，
我看见石头流出眼泪。
没有家的滋味我也曾有过，
背井离乡，或者，
上不沾天下不沾地，
但流浪不是成为流氓的理由。
街边、野外、灌木丛物种复杂，
从生到死留下好名声，
无计其数。比如那只流浪狗，
轻脚轻爪，从不伤人。

（以上两首选自《十月》2018年第6期）

梁书正

金字塔

风雨桥,摆手堂,祖母坛
古老的河流,永恒的土地
不灭的星空

安静的古寨,洁白的炊烟
炉火正旺的火塘
祖母,小孩,土碗
碗里洁白的米粒

寒夜独宿山岭

我是肩膀积雪最厚的人
我是听到万物低伏的声音最清晰的人
我是看到人世灯光闪灭最辽阔的人
我是内心悬崖最陡峭的人
豹子在我心底怒吼,钻石在我眼里生辉
我沉默着,隐忍着
我也是低身俯吻大地的人
也是离星空最近的人

馈赠

从陈旧的木箱子里,母亲翻出了
丝瓜种、南瓜种、冬瓜种
她一样样,小心翼翼地倒出来

神龛上,奶奶的遗像平静、安详
她留下的馈赠,就要被母亲,种回田野上

(以上三首选自《诗刊》2018年8月下半月刊)

梁雪波

蝴蝶之书

乌云下的书店是忧郁的,如孤岛
—— 一只迷路的蝴蝶
闯了进来,在暴雨来临前的
短暂的晦暗中,飞过旋转的楼梯
和轻叹,在尖绿的竹叶
与黑色的书架间上下翩舞

它的翅膀比拂动的书页从容
对称的乐器,此刻绚烂
寂静如午后的阳光
——世界似乎并没有改变
所谓另一个半球的风暴
折叠在某本旧书的预言里
或深藏于宇宙一样幽邃的内心

很难说水面上漾动的波纹,真的
与你无关;那湖心亭的锦瑟
奏弄的芳菲,莫不是一个翕动的梦?
沉坠于时间深海的潜水钟
从久远的幽闭处升起,一种绽放的声音
淹没了奔逃的耳朵

哦,这幻念之美应当感恩于误读?
是否倾斜的雨线也只对应着空空的长椅
蝴蝶与书店:一场错误的相会。
被急雨打开的书,又被燕尾
剪断了章节,撑伞的人带走彩虹和花蕊
带走你植物学的一生

没有蝴蝶飞舞的书店,将是贫瘠的
犹如丧失了秘密的词
吊灯下,只有潮湿的文字绝望地发芽
只有雨水从四面八方汇聚,在这
阴翳的书店杀死蝴蝶的书店
只有一块生铁在雨中发出腐烂的光

(选自"中国诗歌网"《每日好诗》2018年11月5日)

林典刨

朝五台山散记

一

入夜的太原,天街小雨茶馆
主人在一幅"磨砖作镜"的书法前呆站

我装作平静
心上被磨掉的碎末,暗中掉落

二

车窗外,三五只黄牛,正啃着
流水边散落的残雪
在阳光下,一种穷途的美

三

在东台望海寺
那个面容清秀的女子
连着三次,和我并排跪着
十指白得晃眼,每一次合掌时
她把什么放进手心?

菩萨离得这么近
我没敢多看

四

是夜,去南山寺
我摘了一颗星星

回来,道路两旁,树干阴森
扑过来

天上一颗星没少
我身上没多什么

但我的确摘走了一颗星星

五

山峰一半在阴影里
阳光的部分,露出一抹藏红

六

石头在腐烂
我用力拍打,渴望里面的蛀虫
晕头转向地爬出来

明万历六年出生的石狮子
病恹恹的
我一点都不怕它们

落叶

燕子昨夜回到故乡的屋檐下
我把一首病诗越改越病

在异乡的三十春秋,用十年茹素
母亲又教导我,要吃亏

蓝色的、紫色的小花
在草丛中想飞，雨似乎又要下了

回不到枝干上
每一片落叶都想哭

母亲装作没看见
轻声让我回老家买一块好地

（以上两首选自《江南诗》2018年第4期）

刘 汀

钥匙

我经常在家门口,掏出单位的
钥匙,又常常把家里的钥匙
插进办公室的锁眼。门开后的几秒
双脚像是,从很远处回到身体

我分不清这两个地方,到底是谁
入侵了谁。幸好,还有来来去去的
路和人群,可当作居所以假寐

总得寻找一枚钥匙,然后热爱
它转动锁簧的声音,静静地听吧
只要够清脆,谁都能打开
一间燃烧着熊熊炉火的屋子

演员

有时候,我扮演一个会武功的父亲
飞檐走壁,偶尔磕破头、摔断腿
有时则扮演一个弹钢琴的父亲
琴键不会因此变得简单,黑白、黑白
音乐仍然是必须持续饮用的水

是的,我还要扮演一个
在车流里飞奔的父亲,只为
取回那对粉色的蝴蝶翅膀
戴上后并不能飞翔,没有
她就会发现,近三日都是雾霾天

有时候我得改变性别,扮演妈妈
或姐妹,从另一个意义上把自己
再生出来。更多的时刻,我扮演
工作和出差的父亲,不能说是
为了活着,这是一个游戏
——从随时变换的距离中
证明万有引力的存在

我扮演火,在天气变冷的时候
我扮演水,在土地干涸的时候
我扮演一阵风,好把下雪的消息
提前带给她,她那么喜欢雪人
但这一切有什么可说的呢,充其量
我耗尽一生于仅有的情节里
不过是演好父亲的角色,而她
天生就是我的女儿,就是她自己
她比我更像一个,真正的人

(以上两首选自微信公众号《小众雅集》2018年9月12日)

路 也

七星台

这群山之上的高爽台地
这秋末冬初的萧瑟和寥落

绚烂转为淡写轻描
树枝松开了彼此相挽的手臂
风从透明的枝丫间吹过

一棵老柿树上叶子全无,仅剩几只磨盘柿
红灯高悬
忘了采摘的几粒山楂
悬挂在树上
直接梦见了果酱

一只南瓜遗留下来,秧子对它失去了控制
它开始在空旷里
称王

向日葵也仅剩一棵,个子高高,耷拉脑袋
面对大地的撤退,悲伤有何用

那些尚留恋枝头的叶子
浅黄或绯红,业已疲倦,用身上未尽的部分

爱着一个又一个山谷

即使这样的惨淡光景,也有独自的美
也值得去爱
记在心中

道旁田间添一座新坟
纸花鲜艳,有不怕死的决心
今秋是里面那人所看到的
最后一个秋天,并跟随其渐行渐远

山路上走着两个人
一个类似眼前光景,身上有秋末冬初
另一个身上的秋天已来临
如果还有正在变化的
抽芽萌长的部分
准备节省下来,用以热爱星空

太阳渐渐西斜
星星们已准备就绪,专等夜幕拉开
闪亮登场

陪 Mary Helen 夫妇逛曲阜

这国太古老,历史太复杂
无论从哪儿讲起,都显颠三倒四
车子开过玉米田里的小径,地下埋一座都城
不像爱荷华的玉米田,既辽阔又年轻

大老远跑来,为看一个山东老头儿
在他出生的洞中泉边,在他大发感慨的河畔
大家联想起另一个雅典老头儿苏格拉底

类似乌龟的驮碑动物
在一场有名的革命中被砸成残疾
至于柏树,在东方,古人的魂魄大都散发这种香味
并长成如此形状
你们告诉我《圣经》里也有此树,栽种在《雅歌》里

在杏坛,刚把"万世师表"译成"伟大的老师"
就被"杏树"这个英语单词绊倒
只好说,这是一种"既不是桃也不是苹果,
既不是梨也不是樱桃,当然也不是李子"的果树
请猜猜它是什么?

有人在为高考生求签祈福
拜了全中国最早和最大的老师,就会金榜题名
哦,你们考试前,拜苏格拉底吗?

在那个子孙后代的府第,对男尊女卑细节
耸耸肩,扮一个解构主义鬼脸
后花园有人在唱吕剧《铡美案》
当得知剧情,表情错愕
无法理解那把东方的铡刀
我算了一下,当我们在宋朝,你们也在中世纪

你们疑惑坟墓为何不像西方那样是平的
而全都隆起
我说,蓝色文明临海少土,黄色文明大陆多土
作为地标和记号,堆个土馒头,显眼又省钱
在孔尚任墓前,我把侯方域和李香君
干脆讲成罗密欧与朱丽叶
当听到撞破了头,溅血染作桃花扇
你们面露惊恐

我也忽然嗅到故事里的血腥

天气闷热，大家几乎穿成泳装
石像们却穿戴得严严实实
拿书卷的是文官，拿剑的是武官
草丛里的石马规矩站立，鞍上还雕了小花

水在桥下由东向西
仿佛命运的徘徊
皇帝女儿嫁到这里，算是高攀
足见这国多么重视文化

在麦当劳，你们点了一堆甜食
仿佛回到祖国怀抱
但这是一个青砖黛瓦、飞檐画栋的麦当劳

临别，你们拿出一个纸质笔记本送我
让我写诗将它填满
我说，好吧，本子上的第一首，献给你们

（以上两首选自《诗潮》2018年第3期）

罗广才

我们就是那一朵朵即将靠岸的浪花

在北戴河沙滩漫步。
此刻,拂面的风不知我的冷暖
鸥鸟低翔惊波起浪
好在还有礁石
能让我们高于那暴怒的海面
茫茫的人海
而后,追寻着安全的路径
跳入这人海中,葬身。

一群人。海浪前仆后继。
我们只是暂时在人世间
即将靠岸的那一朵朵浪花

(选自《诗歌月刊》2018 年第 4 期)

罗兴坤

虚构

在我的乡下,许多生命陷于在绝望的人
总是被亲人用内心的爱
一次次虚构着
而当那些被虚构的替身,接受了尘世的爱、伤疼
像真的在人间还魂
接受着一场人世间的生死离别
熊熊的火焰,为它指明
一条为我赴死的路

我看到它的木讷、顺从
也看到了它痛苦的挣扎、伤疼和无奈
对尘世的爱和依恋
甚至那短暂的拒绝、反抗
一次次拱向母亲怀抱的头颅
伸过黑夜的长舌
咬过母亲指尖的疼痛
眼泪,飘落在天空的灰烬

哦,我是多么羞愧
一些事物就这么不明不白地替我死去
而我还在自私地活着
在这个尘世上,仿佛是一个被虚构的人

(选自《诗探索》作品卷2018年第3辑)

罗振亚

独坐苍茫

秋天的雁阵很快被云遮蔽
远山暧昧得有些捉摸不定
想着山那边见过或陌生的人
茶杯感到了三寸凉意
一起上路的伙伴已寥落成一
远方也完全是一个人的事
沿途鲜嫩的名字握手即忘
语言寺庙里供奉的许多尊神
被朝拜者看清后先后死去
山下的湖水在抄袭昨天的江河
石头还是水里的石头
虽然已让时间拿捏得日渐光滑
今晚的梦在哪栖身不必再想
风已把词典从凉吹到冷

一树桃花

春在北方是脆弱的
一场不大的风能把它吹个趔趄
小鸟的歌喉刚一打开
落在地上的花
就比开在树上的多

优雅的老妇人走到树前
凝视着满地落红
仿佛看到了十八岁
自己和一个男生
在偏僻而幽深的路上走过

（以上两首选自微信公众号《诗年华》2018年12月26日）

马慧聪

顶雕

在一个品读会上
我把天花板上的顶雕
说成是元宝
召平老师也看了看
说：那是祥云

他今天的心情很好
仿佛在来的路上
遇到桃花
我只好抬头又看了看

还是元宝啊
一块比一块像

成都

我们穿过秦岭，落入盆
仿佛八九片茶叶
从枝头掉下来，落入水杯

有水的地方要有鱼

我看到一尾一尾鱼,靠在草堂边上
她们比杜甫当年的脚步
还要慢些,还要波澜不惊

还有波澜不惊的树
挤在楼房的顶端
波澜不惊的藤,爬满桥梁

成都啊,就像成都街头
随处可见的美女
慢慢吞吞,让我心动如初

(以上两首选自《星星》2018年第12期)

马培松

春风辞

春风还是那个春风
她以旧年的方式
吹拂过我的村庄和河岸
春风吹拂过我的时候
我的身躯渐渐弯曲
头发在料峭春寒中
渐渐地落满春雪
而我身体弯曲的角度
正好观看儿孙们
在稀疏的草地上
打雪仗堆雪人

我喜欢的是那水滴

我喜欢的是那水滴
而不是那钻石
因为钻石以它恒定的存在
早已让世界失去想象
而水则不，它可以流淌
可以浸润，可以弹奏
优雅的激越的音乐
它还可以和阳光做伴

做一次幸福的升腾
更加让人不可言喻的是
它在花是花在树是树
高兴时还做了女儿的骨肉
当我偶尔抬头
望见天空一朵微笑的云
那可是它一次愉快的出游

(以上两首选自《四川文学》2018年第6期)

马 叙

路上所见

撇开玻璃、抑郁,及内心的比喻
我由此看到路上驶过的一台拖拉机

现实主义的钢铁、柴油
加上一个吃饱了饭的拖拉机手

词汇量突然扩大了好几倍
路上如此喧嚣,声音与事物互搏

一只单腿鹭鸶,从水边起飞
被我看到,我看到的是它的另一只空腿

现实中被空出的还有另一些
——某些心思,某些事物,某个人

今天,这一些,与拖拉机手并置
仿佛我也吃饱了饭,催促我抓紧去做应该做的事

2018.4.22 晨

我好像跟着落日走

我好像跟着落日走
又好像迎着朝阳走

这样走着,沿河而下
我一直喜欢这种走法
沿途走得无聊了
会想起某一些事
从中再想起一些具体的人

渐渐地,改叫沿江而下了
这说明我
已经走了许多天了
我再不是一个曾经拎水桶倒水的人
我忘记了自己为什么而走
我已经经过了许多个村庄、集市
沿途我不认识谁,同样的,谁也不认识我

若干年后,曾认识我的某一个人
说起我
他说,某某人啊,就是一个无聊古怪的人
此时,我正在某一处
无意义地晒着太阳,昏昏欲睡

2018.2.22

(以上两首选自微信公众号《一见之地》2019年1月1日)

麦 豆

腊月里的银杏果

落了一地的银杏
我们不吃,候鸟也不吃

神也没有办法
它只负责将银杏送到这个世上

小小的银杏
只有一个小小圆圆脑袋的银杏
坐在冬天的阳光中傻等

等一辆碰巧经过的汽车
将它们,全部压碎

鲫鱼

三个星期后
其中一条鱼的眼睛已经开始水肿。
周围的世界开始慢慢消失。

三个星期,我没有投放任何食物
我没有让它们活下去的想法。

三个星期,除去四次换水
它们没有给世界弄出多余的响声。

三个星期里
它们每天都在桶里游来游去
看见我,似乎很高兴。

三个星期后
另一条鱼的身体已无法自由下沉
浮在水面,像一片枯叶。

（以上两首选自《扬子江》诗刊 2018 年第 1 期）

毛 子

夜晚

吉尔伯特死了。
他诗歌中出现的那些人,也不在世了。
他们中有大名鼎鼎的金斯堡、布罗茨基 更有他心
爱的美智子……
想想一代代的人在这个世界上留下欢笑
最后黯然地谢幕
就觉得时间多么好多么软又多么不容商量。
而现在是午夜,我把你搭在我身上的手
轻轻握住。
我感到我还拥有,他们曾拥有的东西。

动身

一首诗从语言里走出来,就像
一个云游的和尚
离开了深山。

而遥远处,一艘测量船
测探着公海上空,一朵白云。
从那虚幻的漂移之中,你可以找到
那首诗,那座寺庙
和一切停留在原处的东西。

但脱离的事物,像撒下的渔网
没能留住经过的海洋。

是时候了。我也该动身去见
一首从来没有被写出的诗歌……

(以上两首选自《十月》2018年第5期)

何以计量

生而为人。这其中的概率和偶然
何以计量。

一个电影中的人,跳下电车
他遗忘在车厢里的伞
继续流动。
这不可测的多向性
何以计量。

世界固定太久了。
它不是这个意义
就是那个意义,不是此就是彼
为什么就不能非此非彼。

——"我知道怎样处卑贱,处丰饶,
处忧患,处沮丧……"
可保罗没有告诉我,怎样处虚无。

谢谢你的床单,你分泌的体液
它让我在这个唯物的世界
可以继续滑行一会……

(选自《幸存者诗刊》2018年第3期)

梅　尔

旷野

那是一支箭要去的地方
遭遇钻石的地方
是马蹄　从钉子的心脏
到珊瑚的光芒
飞鸟奄奄一息
摩西的四十年　坚定交织着惆怅

那是海消失的地方　从荆棘里
长出蜂蜜
从拐杖里长出盐
从石头里长出信仰
悖逆的昆虫
寻找微弱的光亮
旷野　一条长啸的河流
从受伤的马背上滚过

那是善良的鹿哀哭的地方
一只走投无路的獭　把螃蟹的钳
断在柳条上　一个郁郁葱葱的春天
从灰色的尸体上
再次发芽

约伯

你从我的根部崛起
大片的腐烂再次开花
疾病一个连着一个
亲人一个接着一个
你把我的泪水串成了链条
我击打着土地
像摩西击打着磐石

泉水从石头里流出来
你可以收走我的最后一件衣服
就像收割田野里的最后一棵麦子
我的血是最后的甘露
你也一起拿走吧,如果你愿意

但是,请留给我下一个黎明
留给我咬得肿痛的嘴唇
甚至,留给我嚼得下风霜的牙齿

我会提前到达伯利恒
成为马槽里一根柔软的稻草
或者,错后三十年
我会提前到达耶路撒冷
摘掉你荆棘冠冕上所有的刺藜
成为另一个背负你十字架的西门
或者另一个玛利亚
准备好沉香、没药
膏你那风尘仆仆的双脚

这就是我的信心
不要考验我了,给我一碗水
我会把它变成你需要的
江河

(注:参见《圣经》约伯记,记载约伯历经种种磨难,亲人离故而不改初心,他被称为信仰信心的代表)

(以上两首选自《钟山》2018 第 2 期)

孟醒石

藏锋

在喧嚣的三岔口，驻足
等车流通过。赫然发现
对面高楼的外墙
画着一幅长江水系图
精确到每一根毛细血管
走近了再看，原来是爬山虎的叶子落尽
只剩下虬曲婉蜒的藤蔓
寂静的冬日，残荷干枯
茎杆挺立，莲蓬焦黑
倔犟赛过八大山人
槐树驼背，站在风雪中
哮喘，剧烈咳嗽
震落几点败笔，洁癖不输倪瓒
榆木哪怕满身疙瘩
也紧抓着树根，在黑暗中
撰写石头记。原来每一种生物
都有一支生花妙笔
在茂盛的季节，藏锋。繁花落尽
举世荒凉时，才显现出来
最令人羞愧的当是史笔，那是鸟儿
衔来干草、树枝、草根、羽毛
混合着唾液、鲜血、泥土

一笔一画
在树梢上,在危檐下,在悬崖边
筑的巢

轻与重

那个在楼顶张开双臂的人
真像教堂穹顶上的十字架
飞翔,这一姿势
本身就背负着沉重的信仰
几只燕子落在高压线上
如同贝多芬的音符落在乐谱上
降落,这一动作
本身就具有不能承受之轻
我发现,在汉字的笔画中
隐藏着一个个十字架和音符
写作者,在轻与重之间,艰难抉择
不过是为了让哭声更加澄澈
初稿尚未完成,就有人走过来
逐字逐句拆掉十字架
让交响曲失去了重低音
只剩下尖厉的警笛声,破空而起
只有燕子知道,小镇一根根
沉重的水泥电线杆
与教堂轻盈的十字架
有着相同的磁场
可以照亮乌云的翅膀
照亮一张张扭曲的脸庞
相对于写作者
我更相信带电作业的农民工
他们手中的螺丝刀
也有一个小小的十字架

虽然很轻,却能让很多十字螺钉
钻进间架结构中,潜伏起来
关键时刻,起到巨大的支撑作用

(以上两首选自《诗选刊》2018年8月上半月刊)

孟　原

词和刀法

放下刀的手
被修辞镀成杜鹃
灿烂我身体的山河
等黄金的季节回来时
我只是一束放大的火焰
照着古人书写的句子
我忘记了语法
我穿行流畅的词和词
我在展纸拈墨间
一刀的古朴
回归我的小楷
这最后一笔
递来的娇嫩传统
是对刀的运用
深刻，而不见力的痕迹

刀的刃
未必有词的锋利
切割我肉的时候
我只是鲜血淋漓
未必切割到你的用意
词的碎片不需铺设

不需缚上针尖
我便锥心刺痛
伤痕累累

刀是词的另一种尝试
是两种技法的相互转换
刀终会钝成词口
我留在此处
无法辨认

（选自微信公众号《诗歌川军最新集结号》2018年5月18日）

发光体

在我伸手摸不到的地方
有一个不明的发光体
它很高，我很矮
这段距离之间填满了流云
和萤火虫般飞行的星星
我想古人也望见过此时的物象
才有"月上柳梢头，人约黄昏后"
但我不做无病呻吟的人
不会再把天空写得太高远
把大地写得太辽阔
把情感写得太丰满
把冬天写得太残酷
把春日写得太和美
我只想成平淡无奇的星星
我不要再深陷人间的事物
我会仿照流水的习性
写词语的深处，花花草草
写灵魂的段落，山山水水

（选自微信公众号《中西现当代诗学》2018年9月23日）

梦亦非

庄子与毕达哥拉斯（节选）

寓 / 言
太阳、月亮与星辰的轨道
与地球的比例，等于三种协和
音程，你认为是八度音
五度音与四度音，毕达哥拉斯
在宇宙的铁律之下
何以安慰这世道与人心
正如梅西安写下《时间尽头四重奏》
之后，仍未绝望于人类荒寒
揣测着神的深思，奏出
《时值与力度的模式》
在那枯燥的，貌似无序的声音中
神在用比例说话，用高音之外的
诸种可能性。毕达哥拉斯
这被0与1决定的时代中
连数学也不过只是影子
而你的命运，则如影外的微阴
被动荡的历史所左右
（唯有比例永恒，虽然万物易逝）
最终归息于神的怀抱，在那里
黄金、比率，以及黄金的比率
在回响，纵然如此模糊

犹如俄耳浦斯的影子
倒映于塔兰托湾的潮汐间……

让／王

在布列兹看来，勋伯格走得越远
就错得越离谱，正如
完满数延伸得越深远
微亏数就越多，至今
微盈数仍然藏身于处理器的
计算力之后，所以
我们应该保全生命
不滞于物，不受限于下午茶
或系统随机生成的冰封王座
在玄学之风吹过的图书室
你听一听《无主之槌》
它敲响于欧几里德的倍2性
像这轮28天绕地一圈的月亮
从神用6天创造的世界间回响
这天体之间深奥的《应答》
被布列兹所虚构，他消灭
勋伯格，却在时间上延续了
作为源头的勋伯格，恰如
后来者虚构我所讲述的
名为《让王》的寓言
却点描出我身处的现实
万物的深意如此青翠
你看此刻窗外，一脉颤音
越过山海，正绘出那初生之月

盗／跖

恍惚间，我把落地玻璃墙外
坐着喝咖啡的盗跖，误认为

你镜中之影。在雅典娜眼中
或许你我本为同一个人
却体现为两种命运的截然
就像周长与直径,同属于圆
在它们的比例之间,你说
数学的呼吸幻现了万有与山河
召唤出巴比特与《难以置信的旅程》
——河流倾向于走出更多的环形
路径,在生活最细微的转弯处
外侧的水流变快,反过来
侵蚀内侧平稳的日子,带来
更为急剧的弯折,但流水不会
圆环地回到故国,因此
在生命的起源与终点之间
圆周率浮现它的脸,水波粼粼
让我将水中的巴比特误视为你
毕达哥拉斯,在音组与六音和弦的
锥棱式对称、全项积数列中
巴比特也是你的另一重身份
这其间可以没有神的意思
风随意而吹,忘记名字
亦不记荣辱,正如弹过而
无人在乎你听不听的《三首钢琴曲》
只有《夜莺》的咏叹回旋于
这黔南的群山空茫,仍然是
发音与遗忘之间,那圆周率

说 / 剑

毕达哥拉斯,若在你的定理
指数上,上扬一个数值
宇宙便失去平衡,就算用
天子剑,也不能使四海臣服

这兵器上决浮云下绝地纪
犹如斯托克豪森的音栓
虚晃为十字形游戏，而音乐巫师
躲在交叉小径的花园后
众神远遁的暗夜，经过
精密计算，无穷碎片
却导向旋律四起的少年之歌
叠歌起伏，这迷离于数学的祈祷者
再没有二十四小时声响
去驱动庶人之铗，或诸侯之剑
那天子等式开之以阴阳，持行以四季
却已非宇称守衡，毕达哥拉斯
你不在光亮旁边照镜子
是否为了躲避那费马花招
或时间迷宫，但时间依然是
一柄剑悬于黄道，或克罗敦城

（选自实验文学公众号《梦亦非 PARA》2018 年 12 月）

莫卧儿

饮水机

它甚至发出蓬松的坏笑
"咕咕"或是"吱吱"
仿佛房间一角
蹲着长有机械心脏的动物
有时发出的声音
更像是压抑已久的叹息
沟壑中淤塞着细小的羽毛和碎玻璃
你不自觉地放下手中活计
和它对望一眼
每次使用后
立即有欢快的流水声在体内奔跑跃动
你熟悉穿过黑发的手指,熟悉
缠绕于山间的白雾
而这场柔软与钢铁的厮磨
是它从外部世界搬来援兵
更新了血液和灵魂
彻底的清洗
伴随着眼泪、阵痛、剥离
抑或飞翔
一次夕阳从窗口照进来
明黄的光斑静静印在它的前额
有人踮起脚尖

替它探视了屋外
大丛就要开放的紫木槿

(选自《西部》2018年第5期)

木 叶

兰波兰波

一名学生。一名我没有教过的学生
说着我不懂的语言,做着我憧憬的事情和梦
卖掉书,解放双手
摘取属于夜莺的星并借助星光遗弃此星

胸中充满愤慨,身边没有爱情
徒有一人静静将你从巴黎和酒精中带入及时的枪声
以后的事情要问非洲
没有回声。只见合欢树正在沙漠之外追逐着风

追逐美。美曾经在你双膝上承受欺凌
美需要你的一条腿
于是你细长的右腿从一个阴影跳进另一阴影

摸着黑,故乡轻轻造好病床,在书中列一章将你欢迎
"诗歌,"你笑道,"她是谁?"
话音未落,你神秘的口型已改变了永恒

春风斩

一根烟的工夫,便已来到命运的中点
城市是一条蛇,游入林莽
徒剩有一张皮。夕阳无限
惊动一只母羊,将小羊羔生在半路上

咩的一声夜幕四合,你出现在河对岸
"爱情,或刻舟求剑,或用一生去遗忘"
有两个你,一个是泪水,一个是笑魇
一个在床上,一个在另一张床上

隔着语言交谈。梨花带雨有无间
随风潜入夜。润物。细无声的疯狂
得到了频繁的应验
此刻有人扮演新郎,就有人扮演新娘

发明一场爱情,发明一块石头
用石头摩擦爱情,黄鹂两个,白鹭一行
"曾记否?风吹动着风,在河之洲"
一次次人面桃花,一次次别来无恙

当我老了,我会忆起我们的喜酒
那一夜谁一醉方休,谁一声不响
我祝愿他们偶尔梦到对方的温柔
我只愿凭窗冥想,直至天光大亮

风再起。一棵树长在耳朵里,绿肥红瘦
"若不能随我去流浪,就请成为我的远方"
委身于失败,委身于错误,就像一块石头
只有委身于蛮荒的山岗才会生长

轻轻的。用爱情切一只梨。独上高楼
你的疯狂终将变得柔软:日子就是这样
游戏结束,请睁眼,我的朋友
"此刻谁笑,我平庸的目光便落在谁身上"

(选自微信公众号《文艺报1949》2018年12月4日)

慕 白

我是包山底的国王

每个人都是自己的国王
我的心有自由的权利,我富可敌国
我是包山底的王,唯一的合法的君主
包山底其实很小很小,小如一粒尘埃
包山底又很大很大,大过整个宇宙

包山底四周皆山,海拔601米
全村共565人,今年死去3人
叶春花,王孔知,王邦梅,出生5人
水田208亩,山地5012亩
村口种有水稻和红薯,屋后栽茶树
养有鸡和鸭分别307、289只
猪102头,水牛7头,山羊153只
猫5只,狗10条,狗认生
远远看见汽车就狂叫,但不咬人
山上树木和花草与清风明月相伴
溪涧水和白云为野猪野兔伴舞

包山底在文成的东面
包山底在温州的西部偏南
包山底在浙江省的南部

包山底在中国的东部偏南
文成到包山底 22.5 公里
温州到包山底 87.7 公里
杭州到包山底 399.7 公里
北京到包山底 1741 公里
长安到包山底 1648.8 公里

朝鲜在包山底北边，俄罗斯、蒙古
韩国也在北边，日本在东边
缅甸、印度、不丹、尼泊尔在西边
菲律宾、印尼、马来西亚
新加坡、文莱与包山底隔海相望
中国台湾最近，只隔着半屏山

美国到包山底的距离更远
法国也远，意大利的布雷西亚也远
荷兰的罗尔蒙德离包山底也远
非洲的尼罗河离包山底很遥远很遥远
澳洲、大洋洲、都很遥远
南极洲离包山底最远

包山底距离我的心最近
不到亿分之一的毫米
包山底是世界的中心
我出生的地方
距离我四十三年的故乡
不管天方地圆，还是天圆地方
我的父亲母亲和祖辈都埋在这里
我是包山底的国王
我倾其所有，举一国之力
我也无法让我死去的亲人复活

就算穷尽天下,走遍万水千山
我一生再也回不到包山底
这方寸之地……

(选自《青岛文学》2018年第2期)

娜仁琪琪格

走在雅布赖寂静的夜晚

是无边的寂静,
偶尔有一辆车,疾驰而过。
整个雅布赖大街
就剩下了我们几个人,在行走
幽冥漫漶,也在逼近,心底升起隐约的不安
那是童年走在乡间夜晚的感觉

道路两排的杨树,挺拔劲道
我从没发现过,杨树这么俊美,这么传神
它们的呼吸,是那么真切。它们睁着闪烁的眼眸
它们听到了我们的赞美

到了雅盐宾馆,举头望向天空
满天的星星屏住了我的呼吸。那么纷繁,那么明亮
银河清澈,正流经我们的头顶

万物凋敝,它在开花

它依然在我大脑中,风姿绰约
这是对一株低矮植物的思念,还是它倔强地占据?
登曼德拉山,在浩瀚的石海中
它夺入,我的视野。

在苏亥赛,更多的人看岩画
或被石窝、石臼、形象各异嶙峋的怪石
它们的散落、或群聚
吸引,发着天问、异常兴奋。
我却在一种矮小的植物前
坐下来——

苍茫的戈壁滩,深秋的季节万物凋敝
就在我们到来前,天空飞扬漫天的大雪。
就在上午的曼德拉山,阳光继续
消融残雪

而它,在矮小枯干的枝丫上吐绿
张开桃红的小脸,粉扑扑、娇嫩嫩
仿佛迎来了一个春天,开着锦绣河山
札格萨嘎拉
——在荒凉的戈壁滩

(以上两首选自《草原》2018年第11期)

南宫玉

乡音

动车带我到济南,汽车把我送到沂水
这些陆地上
游来游去的铁皮鱼
马提雅尔说——
"到处居住,也即无处居住"

幽暗的健康路,不断有身披暮色的人
说着方言从我身边经过

孩子般,我停下来
对花店里状如睡莲的小花
发出赞叹。凭着这一句,花店老板准确指认了威海

原来我的口音
也押着,故乡的韵脚

(选自微信公众号《奋笔诗社》2018 年 11 月 16 日)

南 鸥

时间是命运的携带者

时间与命运的一次野合
一张明天的车票,挤上今天的列车
沿途的风景都有自己的宿命
为谁盛开,又为谁落败
其实,每一次生生死死
都是皈依

服从内心的指引,在时间
缝隙盛开,但我始终被时间排泄
我是时间的使者,又终将
被时间埋葬。原来命运犹如
时间排泄物,每一个细节
怒放着赝品

穿越,挤上明天的列车
是时间的错误,还是命运的荒谬
是我的命运篡改了时间
还是时间抽打着我的命运
冥冥之中,谁篡改了
我的时空

谁在摆渡

是饥饿的午夜,还是黎明
或暧昧的黄昏。时间被昼夜放逐
时间之外才是另一种洞开

立在船头,一动不动
黑色的背影是否掩映神秘的风景
只有风暴藏着千年的宿命

站在命定的地方,一颗初心
掩埋过往的踪迹。一种命定的姿势
越过千年,留下了这个时辰

火焰,有火焰的言辞
风有风的身姿。记忆浮动万水千山
而天边的云霞正慢慢打开

谁在摆渡,是否可以
让一位逝者从一瓣桃花上踏雪而来
荒野的乱石口吐莲花

(以上两首选自《诗潮》2018年第1期)

宁延达

老鼠和连衣裙

我大概不属于这个时代
商场令人晕眩 饭店令人作呕
我完全看不懂熙攘的人群为何
兴致盎然地群集在这里
通常这个时间
我喂完狗 穿过社区的小径 荡一会秋千
然后像一堆衣物堆在椅子上
一动不动盯着天空的星群

我还常常睡着在条形的长椅上
直到被风晃醒 露水悄悄篡改时间
有一天我发现了一只死鼠
它睡觉的姿势和我一模一样
有一天我发现了一条连衣裙
被遗落在秋千上 它松垮垮的样子
突然带给我一丝幻想

哦 我沉默着 老鼠和连衣裙
它们就在不远的之前
共同选择了脱离 它们和我
都同时悄悄做着 同样的事

（选自《诗探索》作品卷2018年第3辑）

持微火者

他将暗夜视为洞穴　因此坚定地点燃微火
腰带上别着匕首　还有钥匙
一步步走向黑暗
脸色被光映得苍白　看来他心中也有惊惧
一阵风吹过　火光摇摇欲坠
还好　终于没有熄灭

从再远处看去　仅见豆大的光点
持火者溶于暗处
大约是微光将他隐藏起来
微光不断移动
如同一个浮标

我们曾猜想　他
也许是一个窃犯　即将把微火隐匿
也许是一个恐怖主义者　即将用微火点燃炸弹

但他越来越像一个诗人
就那么一小行一小行地
跳动着深入更远

（选自《海燕》2018 年第 1 期）

牛庆国

半夜的咳嗽

是有些东西堵在嗓子眼里
直到忍不住了
这才咳了起来
就像有些话 脱口而出
吓了自己一跳

今夜 他用自己的胸口
拍着夜的脊背
却拍醒了身边的妻子
她摸着他的胸口
就像这么多年
她把他涌上心头的冲动
一次次压了回去

但此刻 满天的星星
也跟着咳了起来
像全村的狗都被惊醒了一样
最先涌出眼泪的那颗
和他同病相怜

灯火

潜伏在夜色中的事物
都亮出了轮廓
一片灯火中 忙出忙进的人们
满脸悲伤
他们知道 为了赶赴一个仪式
一个人已经辛苦了一生
但灯火之后 夜会更黑
一颗星
只照着一个人回家的路

我曾走进那里的灯火喧哗
又从孤寂的星光下出来
我记得 我在那里大哭过两次
一次是为父亲
一次是为母亲

（以上两首选自《青年文学》2018年第12期）

欧阳江河

霍金花园

水墨的月亮来到纸上。
这古人的,没喷洒过杀虫剂的纸月亮呵。

一个化身为夜雾的偷花贼
在深夜的花园里睡着了。

他梦见自己身上的另一个人
被花偷去,开了一小会儿。

……这片刻开花,
一千年过去了。

没人知道这些花儿的真身,
是庄子,还是陶渊明。

借月光而读的书生呵,
竟没读出花的暗喻。

古人今人以花眼对看。
而佛眼所见,一直是个盲人。

从花之眼飞出十万只萤火虫,

漫天星星掉落在草地上。

没了星星的纽扣,花儿与核弹,
还能彼此穿上云的衣裳吗?

云世界,周身都是虫洞,
却浑然不觉时间已被漏掉。

偷花人,要是你突然醒来,
就提着词的灯笼步入星空吧。

汨罗屈子祠

魂兮墨兮 一片水在天的稻花
大地的农作物长到人身上
当星空下降时众水升起
稻浪起伏仿佛巨兽在潜行
一国的黑风衣中掉下一粒白扣子
有人衣冷 有人内热 有人做忘山鬼
而抱坐在大轮回上的众生相
以万有皆空 转动这惊天的大圆满
破鬼胆 如昆虫变蝶
多变了一会儿 也没变出一个突变
但足以变得一小天下
人的孤注下下去必有非人的生死
屈子沉水 神在水底憋气
但天问是问童子 还是问先生?
天注一怒 降下大雨和大神咒
有什么被深深憋回了黑土地
硬憋着 也不浮出水面透气
也不和漏网的鱼换肺
也不把鱼吃掉的声音说给人听

起风了 老宅子哗啦哗啦 往下掉鱼鳞
老椅子嘎吱嘎吱坐在阴阳之界
狂风把万人灰的楚王骨头
挖出来吹 往地方戏的脸谱上吹
地方债若非哗哗流淌的真金白银
国殇又岂是迷花事君的大倥偬

(以上两首选自《作品》2018年第11期)

潘洗尘

花园里那棵高大茂密的樱桃树

花园里那棵高大茂密的樱桃树
就要把枝头探到床头了

回家的第一个晚上睡得并不好
但看着叶子间跳来跳去的鸟
我还是涌起阵阵欣喜

如果有一天能变成它们当中的一只
该有多好啊

我还可以继续在家中的花园飞绕
朋友们还可以时不时来坐坐

想到此 我好像真的就听到谁
手指树梢说了一句 你们看
洗尘就在那儿呢

2018.11.6

那是什么时候的我呀

那是什么时候的我还能
枕着稻田里厚厚的蛙鸣
醒来睡去睡去又醒来
如今窗前的禾苗还在
不停地长
却只有五千亩的寂静
空荡荡寂静
空荡荡

那又是什么时候什么时候的
我呀还能背着女儿
跟院子里的蚂蚱和狗儿
跑来跑去跑来又跑去
如今燕子的翅膀已被女儿
借走了
唯留一排屋檐
空荡荡屋檐
空荡荡

那到底是什么时候
什么时候的我呀还能和母亲
一起坐在家门口
如今只剩我的一颗心
化作孤零零的稻草人
守着母亲的墓地
空荡荡墓地
空荡荡

2018.7.9

生活已足够悲苦

我承认自己脆弱
所以怕极了朋友圈
传出的各种噩耗

生活已足够悲苦
谁都会有那么一天

所以轮到我时　恳请
我至亲至爱的朋友们
不发讣告
不悼念
也不回忆

那我也知道
你们是爱我的!

何况　平时大家就很少见面
谁也不说死了
就等于活着
这样多好

2018.6.26

（以上三首选自《草堂》2018年第9期）

商 震

脆想录(节选)

1
一片枯叶
在半空中飘啊飘
难道它在做
蝴蝶的梦?

2
露出海面的那块礁石
风浪用多种方式击打
它就是不动声色

3
东海岸和西海岸
终生见不到面
可水底下的土地
是连在一起的
多像一场隐秘的爱情

4
古老的月亮有清新的光
新鲜的鸟鸣有千年的回响
我一直在找这两种事物的缝隙

一个能够容我藏身的地方

10
花儿都绚烂了
春风还不依不饶地吹
而花丛中的一块石头
并不为之所动

18
不能穿的衣服
是一块破布
离开杀伐的刀
不如废铁

27
头发白了我还是我
不敢喝酒了我还是我
不问人间世事了我还是我
不再爱了
我会是另一个我

33
我从来不敢
轻视饥饿
因为一切生命
生来就是饥饿的

36
我焦急地走,
要去一个陌生的地方。
可走的每一条路都很熟悉,
哦,我迷路了!

40

候鸟过冬的地方
是雪花怎么也飞不到的地方
你居住的地方
有候鸟还有我的思念

41

指甲不到一定的长度
我会忽略它的存在
你和我吵嘴
我才想起了爱情

（选自《扬子江》诗刊 2018 年第 5 期）

哨 兵

谈谈鸟儿

你清楚这一生我伤害过多少鸟儿吗?
在洪湖。你知道我对天空
心怀歉疚吗?你听得懂鸟儿在谈论
哪些重大问题吗?关于幸存
美和孤独。按东港子的乡规村约
也许你能发现我的忏悔。网捕天鹅
可判我三十年,毒猎东方白鹳
足够让我变成鸟儿的殉葬品。而在菰蒿
芦荡里搬弄排铳,与中华秋沙鸭
关雎和白鹭为敌,或许你可以发现
我该认领一千五百年刑期,重建
洪湖的自然主义。但在这片远离人类
二十公里的水域。也许
你能理解我的悖论,尝尽
整座天空的翅膀和鸟鸣,为什么
我还苟活于世,沉默如草木
因为我是人,肉身沉,骨头更重
在这场愈刮愈紧的湖风中,你该知晓
就算撕裂自己,我也没办法成为
鸟儿,让语词
变轻,让现代汉语诗
变轻。而鸟儿总能轻如鸿毛

落上那块高过荷叶林的警示牌
年年信任我。现在,你要明白鸟儿
为何飞抵洪湖。我愿再次
复述,鸟儿只谈论美
孤独和爱。除了这些重大问题
鸟儿到来,鸟儿离去
从不清算我的罪

在小垸村听鸟

从来没有一只鸟儿能让另一只
安静,也没有一只鸟儿愿意倾听

另一只。在小垸村朝湖的林子里
还有一种鸟儿,濒危

却成为珍禽,比如天鹅
绿头鸭和朱鹮。就像这个世界

谁遭遇绝境,必有谁交上
好运。每到鸟儿

漫过众树之颠,或自洪湖
归来,每一只鸟儿

都比白云高邈
超脱,比风自由

轻盈。在小垸村朝湖的林子里
总有人以为鸟儿仅靠翅膀

就能在天空常驻,建起

另一个世界。但与村为邻

每一只鸟儿都不在乎人的想法
每一只鸟儿都认这片林子为良木

择枝而栖,辜负羽毛和
自己。在小垸村朝湖的林子里

每一只鸟儿都忙于向洪湖
表白,似真理

在握。每一只鸟儿都忙于对世界
抒情,如盛宴

狂欢。从来没有一只鸟儿能让另一只
安静。也没有一只鸟儿愿意倾听

另一只。就算是珍禽
濒危的

就算是哀嚎
幸存,也值得怀疑

(选自《文学港》2018年第11期)

沈浩波

你凭什么肯定?

我爸性情暴躁
经常揍我
有时莫名其妙
我就被揍了一顿
上幼儿园时有一次
放学回家不久
同学大毛的爸爸
急匆匆跑来我家
说大毛还没回家
问我知不知道他去哪玩了
我想了想
大毛最爱和小智玩儿
就说:
"他肯定去了小智家"
大毛爸爸前脚刚走
一记耳光扇到我脸上
"你凭什么肯定?
你怎么能肯定?"
把我彻底打蒙
多年后想起此事
觉得我爸可能是借题发挥
未必真是因为我

用了"肯定"一词
但此事让我落下了病根儿
只要看到有人
对并不确定之事
说"肯定"如何如何
我就想扇他

2018.12.18

我认识的那些女孩

我认识一个喜欢美剧的女孩
我认识一个喜欢听嘻哈的女孩
我认识一个喜欢李志的女孩
我认识一个喜欢鹿晗的女孩
我认识一个喜欢利物浦队的女孩
我认识一个爱喝奶茶的女孩
她们就好像是同一个女孩
她们单纯又善良
她们像一张干净的白纸
她们不喜欢太复杂的事
她们都不爱
读我写的诗
她们不读任何诗
她们是那么值得被爱
所以你一定不要
用爱情欺骗她们

2018.12.8

(以上两首选自微信公众号《沈浩波》2018年12月29日)

沈苇

旷野

旷野上,一个
无名的独行者:
一个移动的碎片

没有风景
没有天籁
没有多余的事物

他怆然独行
因内心的炽热
而恢复了
在天地间的身份

又因内在的孤独
而回到了
碎片之前的完整

如同,终于——
破折号的旷野上
出现了一个小小的惊叹号

所谓自述

当我开口说到"我"
四周涌动荒凉
像一片无垠的沙漠
绿洲变得遥远了
事态有些严重:
一个以纪实之名
创作出来的"我"
要替换此时此刻的我
当我忍不住说出了"我"
是否意味着
在卑微事物的家园
拥有了一席之地?
这样的地盘
属于无名的神灵与众生
这样的拥有
是我早已交付人世的
所以,让我放弃自述吧
直到放弃
最短的一份简历

(以上两首选自《诗歌月刊》2018 年第 5 期)

师 飞

森林来信

瞬息之间,这世界燃烧
水果店的卷闸门落下
高楼上的女邻居拉上了窗帘
有一封信正在被拆开
里面掉出了松针

瞬息之间,这世界熄灭
山风托高了阔叶林
溪流仍在冲洗石头
有一个拥抱死于爱情
有一个吻,我曾借给众生
他们没有还回来

(选自《石竹风诗刊》2018 年 5 月 23 日)

亲密与哭泣

仅此一回。贫寒之爱拒绝被再次修饰
裹粉红短裙的女人与我夭折的姐姐之间隔着雨
我是一幅天生隐形的遗像

如今，她在一月清晨的发廊门口踢毽子
葬礼即将开始——
她孕育了风，我孕育了我的父亲

（选自"中国诗歌网"2018年9月23日）

师力斌

太原行

老朋友们有的染发
有的谢顶
相同的是近距离时,额头的皱纹
和往日趣事
设计一座立交桥
就会诞生一百座缠绕物
进入一个建筑物
就会围拢十三个更高层
从酒店探头
常常能碰到转过来的塔吊也碰不到
四面升起的太阳
反正这两天的感觉
你住过十几年的城市,现在被城市化得
既完全陌生
又完全熟悉
那就是,水泥包围城市

偶读陈独秀诗

也许什么早就在等候
也许你永无接近之可能
冬天啊,你如此寒冷

缘分有时候靠运气
有时候靠勇气
更多的时候,靠对生命的尊重

冬天的落叶,你必定
有过少年的憧憬,青年的意气,和
中年的辉煌

此刻,我正在寒冷的文学史中翻检
心灵史,就像我翻检杜甫一样
你曾打倒过他,现在他又征服了你

输于死者,一点都不可笑
你的敌人有时候是你的朋友
你的朋友有时候恨你入骨

冬天的落叶,你必定
有过春天的憧憬,夏天的意气,和
秋天的辉煌

冬天并非不义。冬天啊
也许什么早就在等候
也许你永无接近之可能

(以上两首选自《红豆》2018年第7期)

施施然

想和你在爱琴海看落日

是的,就是这样
把你的左手搂在我的腰上
你知道我愿意将最满意的给你
手指对骨骼的挤压,和海浪的拍击
多么一致。在爱琴海
你是现实。也是虚拟
海面上空翻滚的云,生命中曾压抑的激情
像土耳其葡萄累积的酒精度
需要在某个时刻炸裂
相爱,相恨
再灰飞烟灭。原谅我,一边爱你
一边放弃你
鲸鱼在落日的玫瑰金中跃起
又沉进深海漩涡的黑洞
那失重的快乐啊,是我与生俱来的
孤独

(选自《中国作家》2018 年第 9 期)

棕马

骑上它之前,我先用手
轻拍它棕红毛皮下线条优美的面颊
告诉它
它很漂亮,身形矫健

它转动沉郁而温善的大眼睛
从它认识的自然万物中
调取记忆,辨识我的脸
野性的灵魂在眼眸里稍纵即逝

它任凭我牵紧它的缰绳
四腿绷紧,一动不动像石柱伫立
直到我跃上它肌肉隆起的背
那里有力而舒适

它暂时收起坏脾气
用驯服承受一个女人
松懈她,对未知的力量的警惕
使她在速度的惊叫中
体验自己危险的好运气

这也是大自然与我们相处的姿势

(选自《星星》2018 年第 10 期)

舒 琼

很多事发生时是安静的

半个多月的冷雨霏霏,在昨夜
戛然而止。温暖的事物又回到人间
天空很蓝很深,足以消弭
尘世所有的恩怨。犹如时间的叹息
青杠树的叶子簌簌落着
你从树下走过,刚好接住
如流水般跌落的光阴
深秋的风轻轻吹拂,影子俯身
细细翻阅泛黄的旧时信笺
不远处,那一棵沉默的乌桕树
仿佛就是那个你等了很多年
也没有等到的人

——这些,发生时都那么的安静

那些无法说出的辽阔忧伤

就像这条不知名的河流
永远也流不到腊山湖,我也只能
远远地眺望连绵的十万大山
这个傍晚
我去看秋天里的山河故人

秋水一直在涨，却
始终齐不了岸。细碎的野花
荡漾着蓝色的涟漪，心事重重
秋风四起，漫山草木与我短兵相接
身后，空寂的山路传来很轻微的声响
以为是风尘仆仆的你
在中年的霜色就要铺满之际
赶来与我相认。其实
不过是月光落在起伏的芒草上
很白，很冷。
仿佛是很多年以后
我都无法说出的辽阔的忧伤

（以上两首选自《飞天》2018年第11期）

水 子

琴声从未传来

——我承认,我一无所有
青石板踩在脚下,无法还原雨中的私生活

细微的沙沙声,让我与一架古风琴并肩而立
当年的老史密斯无家可归,久居在琴键上
与我共持光阴里的旧账本,向自己宣读

我们眼内都有沙子,生在孤岛
口袋里装满人间烟火、大河之波和海潮击岸

古老的味道,离岸的颤动。那些寄生在
沙粒内的脚印还给踏板一个去处。好像琴声从未传来
实木纹理,私藏着忽左忽右的高低音

我被这种高低音推出门外,过分的安静
浮现出三百年前的旷达,空巷子总是不见一人
对面壁立石刻垂直坠下百年的孤独
依然是谜一样幽深

我真的来过吗?今人风雅,淡蓝的感伤
再大不过芭蕉叶——

(选自《诗林》2018年第5期)

宋心海

拐杖

被折断的树枝
它更珍惜劫后的余生
一下一下地敲山的胸膛

被树举高的阳光
能听懂丛林里
别在胸前的鹿鸣

我们即将倒下时
它才会长成
身体里最硬的骨头

(选自《海燕》2018年第5期)

苏丰雷

智慧

是情欲让你老了,还是来自
年老的智慧?大学毕业后,
你九头牛撞进霾家庄,在那里
与你的织女喜结连理……
而后来音信杳无,只每年一两次
我会梦见你——
你面无表情,是心灵的晴雨表,
不像其他同学。我激越,我满溢的
无知或纯真又一次展露无遗:
一座白塔矗立眼前,有一根极长
粗竹竿斜靠塔尖,我以为我可以
从竹竿走到塔尖,用绝妙的技艺
在短暂的时间魔术般获得拥趸。
但没走几步,竹竿就辞退了
我的企图。这几步,几分钟,
却是人世的十年。我成了
别人的笑话。我吃别人的笑话
度芳年。还好:十年,谁在我的
无知海洋滴了一滴智慧的墨水。
智慧就一滴,我该如何用好它?
我的肉眼将是这一小滴智慧的
门徒,它将是彗星,我愿骑着

这只扫把永远遨游在我的海洋；
不必言行时，我保持沉思默想，
必要言行时，我将谨慎地穿起
那滴智慧的铠甲，手拿勇敢的矛
和威武的盾，步履小心翼翼。
说到底，那根通天竹竿太可笑，
风很大，唯有努力学习贝类。

车站

我才是问题，所以才选择不断告别
去寻找，流徙的道路也是开凿运河。
流过荒阔的乡村和陡峭的城市，
逃离来时的车站，绕开它的对面，
流向更远更深，我渴望陌生的停驻，
可以收割一片片真实的风景。
我知道，有一种问题别人无法指引，
一些结，只有自身经历漂流才能松解。
道路、墙壁、面孔，到处陈旧，
这一座建筑或另一座我出出进进，
集装箱的公共汽车总是轰向腐朽的大门。
这是一种状况：没有回家的车站。

远了，不甘心这么回去，或明确了这条路，
我走向危险交叉的街市、错综的立交桥，
蹒跚在城市灰旧的底部，拖曳着沉重的行李，
我来到又一座车站，天空到地面都破损，
路两边的人群是密集的五百罗汉，
叠床架屋般，又蒙上路灯的黄尘。
我融入其中，注视这些粗犷无辜的男女，
我觉得他们迎对着我内心的棱镜。
是在寻找站牌，寻找回家的车辆？

没有直达的车，我的预感早已应验，
还是考虑中途在哪里转换吧，
我比这些蒙尘的人还要困难重重。
尽管我想携他们一起回家，这些男人和女人，
但我知道，我带不回去，首先他们不会转向我，
因为我的声调，更因为这样的声音被隔绝。
我已知道，我只是意识到一个严重的问题。

夜已深，我需要想清楚必须在哪里停靠。
我将在中途下车，去往同时代人之家，
那些灵魂的学校，我将在那里休憩和劳作，
消除我的浮躁、疲劳、幻想，雕刻更结实的我。
我还知道，在那里我将经历漫长的等待，
那车辆才会出现，那车站才为我而存在，
漫长到我将会出现三条腿，甚至没有腿。
我的心拥有得很少，她一呼喊我就听见了，
她说，走吧，我就知道，没有其他的路，
所以，我愿意流徙不定，在过程中贫穷和富有。
我心中有一枚湛蓝的湖泊，她在那里护佑着我，
只有第一次把她打磨成杰作，第二次才有可能，
所以，第一次或第一个才是我的首要任务，
遭遇我的万物，因得到另一种生命而向我致意，
天幕上的星群，会有一颗守护我归回林中之家。

（以上两首选自《幸存者诗刊》2018年第4期）

苏笑嫣

明亮的事物各有千秋

夏日午后于荷塘,仿佛轻烟入梦
此处草木葱茏,荷花硕大,长短句般的白鹭
毫无章法。寂静过后,远离野心梦想
不贪恋,不奢求,如云止于瓦蓝
而明亮的事物各有千秋

蝉鸣初起时,一群女人从地里归来洗藕
古树苍苍,新叶颤抖,溪水有光斑
而荷花圣洁。我的扇子不敌清风
吹不出草木的平仄。有人在炊烟里读出远方
田地里豆荚与水稻各得其所

因为信仰高洁,荷塘安宁
我说荷,其实就是说到生活的背后——
那不增不减的疼痛与福祉
可以说,可以忍,可以外表柔软而内芯坚毅
可以深入泥沼而高举头颅
可以端守素心且静默慈悲

三只游鱼成佛,掌管前世今生,一方净土
还原为无用之身,在山野,在庭院
在暗香浮动的万亩荷塘里
我钟情于这人间宽阔处的每一个时辰

以及这忽然而至的透明和纯真

于一切事物中仿佛我不在

南风微醺吹起在下午
一株植物能够多么幸福　夏日赤裸
绿的是草　是木　是拔节的骨头
我和我的身体澄澈透明　全然无辜

鸟儿短鸣轻率　花朵无知　但美丽
我与山刺玫并肩
像一切沉静的姐妹　站在峡谷的风中
而花絮悬垂飘零如同情话　轻　并且柔

在此一切纯粹而不可言说
呼吸即空间　此间丰盛　因自然天性崇高
河流在阴影内奏起泠泠琴音
然万籁俱归寂
我们从未有能力　扰乱夏天的沉着与镇定

是的　自然一任万物
丰沛的茁壮　荒芜的悲苦
——大循环　大平衡　退开最远的洞悉之眼
那年年来过的如今返回　却又不一样
我们抓不住它　但它却握住了你

永远在盼望的是新鲜的事物
河水前仆后继　但持久　一种暗示
——失去是通往本真的唯一之途
飞鸟穿透身体　如风冲撞于树林
群神缓缓而行　布施万物

（以上两首选自《绿风》2018年第4期）

孙殿英

二奶奶在这个冬天走了

二爷爷去世后
和善的二奶奶
渐渐失去脸上的笑
渐渐失去眼里的光
见人说话,也
木木的,没了表情

孙庄开始在二奶奶眼前变
没了炊烟
没了二爷爷看护了半辈子的两河坝的树
没了他们养的牛羊
也渐渐没了那些熟悉的人……

二奶奶眼里的孙庄
开始变得陌生
慢慢地,二奶奶开始寻找
一天天,她村里村外、大街小巷地寻找
越是寻找,她就越找不到
迷迷糊糊,一次次认不出回家的路

直到前几天
她从白天找到黑夜

夜深了，还是一直在找
她不知道，孙庄所有的亲人也都在找她
终于，她在一段河水里
看到一条发光的路
她沿着那条路走远了

（选自微信公众号《夼旯诗社》2018年10月16日）

孙 梧

风吹草低

还能说什么呢,我一直认这个草命
落到土里就生根,迎风而立,逢雨而生
把田野做一生的家,守卫着这片村庄
在山上刻曲线,在村前画流水
早起晚归,人模人样地活在人间的底层
静时看风和日丽,寂时品世事沉浮
不奢求城市的草坪,不梦想案桌上的花盆
我还在继续扎根,让根须汲取着养分、水分
让草屋遮风挡雨
没有人在意我就是风的影子
风吹紧时,会剔除多余的雷声,多余的思想
越来越瘦的村,越像一个弱的城郭
我越像普通的农人,匍匐在最后的家园
在推土机、挖掘机和钢筋面前
你们看到的也仅仅是一株高于泥土的草
没有幻觉,从楼房的裂缝里倒下来
呈现出众生平等的一点点尊严

百草枯

常常厌弃田地里疯长的杂草
一把锄头除不尽,她就不得不

从商店一次次购买百草枯
这次多购了一瓶,想灭掉体内的杂草
自留地已经荒芜了许久:好像药灌进体内
就能消除过往的旧事
忘却城里的他,以及他耕种的另一个女人
就能把这些年庄稼地里的杂草除尽
好像苦也罢、累也罢都是宿命,它就在这儿
是躲不过的雨
是云,裹着春梦躲进失眠的夜
粮食已进仓,孩子已熟睡
她选择这个夜晚,把它们一一装进体内
一草一木她都珍惜
连空荡荡的村里尚余的几声犬叫
也没有影响到她。马上进入冬天了
再继续咽下这略苦的药剂
草开始枯萎,根也在悲凉着、颤抖着
根下的她却感到从未有的暖
燃烧着气管、食道,燃烧着神经和一双睁大的眼睛
这又是怎样的眼睛啊,风吹尘土
一粒粒地滚进眼眶里,像散落的草籽
淹没在百草枯的液体里

(以上两首选自《草堂》2018年第3期)

邰 筐

星空

这些年,你已习惯了生物钟的颠倒
习惯了固守老式台灯下一片领地
灯光明亮,无限接近真理
你像一个坏脾气的王,孤僻、严苛
墙上的影子是你唯一的侍者
没有一兵一卒,你可以指挥成群结队的汉字
可以用汉字排兵布阵,与黑暗对峙
逼近或包抄,那些隐匿的细节和真相
在母语的边防线上,你一次次用月光丈量
人生对开八版,乡愁灌满中缝
而每一个汉字都在你心里熠熠生辉
你怀揣着它们,就像揣着一片灿烂的星空

夜行车

火车快得像逃跑
这个坏家伙,快得让人
来不及比喻和抒情
村庄一闪而过
小镇一闪而过
它们的区别,仅在于
几粒清冷的灯光

和连成一片的灯火
树木一闪而过
河流和桥梁一闪而过
这些大地上，相对永恒的事物
只是此时视觉中的短暂一瞥
有些景物被抛弃被拉长
被扭曲被裁剪被拼接
灵魂的快镜头，出自两列火车
交错而过的瞬间效果
贴在对面车窗玻璃上的
另一双窥视的眼睛
成为黑暗里最隐秘的细节
时光一段一段，记忆一截一截
只有夜色和阴影是甩不掉的
它们无赖般紧相随
还有那枚老月亮，走得不慌也不忙
一晚上，始终悬在
十五车厢三号窗子的左上方
既没向后也没向前，多移动半寸
仿佛这世上的一切
原本就是，静止不动的

（选自《诗探索》作品卷 2018 年第 1 辑）

谈雅丽

沙丁鱼罐头

无非是一座山峰高过另一座
无非是沙丁鱼罐头,密密麻麻
罐装好了人生

距离你最近的直线
连接地铁站滚滚西去的人流
我用红笔标示出停靠的站台
一号线,运送着不可知的未来

滚烫的铁轨提醒我夏天并非远去
它将一条新鲜的大江晒成虚无的荒漠
一张张冷漠的,陌生人的脸
一粒粒沙砾似的灵魂

需要在人群中纵情一哭
这里铁轨锃亮——
我知道有滚烫的岩浆在沙子与沙子间交换
我知道我与你,早已树起了魔幻的屏障
我知道一切皆是命运安排,让西去的人
空怀了——柔弱的心肠

地铁十号线

从玉泉路到高碑店

从雕塑公园到财富街
从东三环到西五环
地铁里人群熙攘
所谓生活也只是铁轨擦着黑暗的飞行

假装我是你——
熟悉 A 出口，G 出口，东南口，西北口，等待线，电梯门
熟悉每条航线，每个站点
熟悉对街走来的，笑容明亮的少年

十号环线，绕城一周
只需付出耐心和等待
我手执地图，谦虚问路
投卡时小心翼翼，不敢迈步
我总是绕古城大半圈找你
紧张地熟悉你的快节奏

我喜欢傍晚，在地铁站等你
整齐的车厢吊环，我把手放进你常拉的位置
我把零钱递给瞎眼老妇手里

我想象是你，上楼左拐下电梯
等待地铁，每天重复着相聚和离别

团结湖的栾树慢慢变成深红
我找到了你——
我的心在地铁轰鸣
它就要变成一支，铿锵有力的管弦乐队

（以上两首选自《青岛文学》2018 年第 1 期）

谭克修

爬山虎

你把湿气注入我身体
想在我头上长出叶子
我若在书桌前枯坐一个夏天
你会把叶子长到肺部
那里满是二氧化碳
将左边的心脏,当手电筒
可完成光合作用
往下是消化系统和排泄系统
有你需要的养料
再往下,会有危险
生殖系统是一个女人的地盘
她每晚要检查
她的花篮里藏着一把剪刀
再往下,是南方腹地
今年春天,它派了一窝蚂蚁
驻守膝盖
只有这炎炎夏日
蚂蚁才会去洪山公园觅食
去桃树下抬一具蜻蜓的尸体
我知道你想去南方
你的目的地,是越过南方
抵达我不再动弹的脚底

洪山公园

每天拉开窗帘
第一眼看到的是洪山公园

人们说的洪山公园
是它未来的样子
在万国城空中飘浮了十年
一直没有落地

我说的是一片荒地
它现在的样子
和它在政府蓝图里的样子
都不是它准确的样子

我在古同村见过类似的荒地
我怀疑它
是从古同村裁下的一角
为此我有些歉疚
整整四年,还不能
把它和生活缝在一起

我见过大雨狠击它的沉默
狂风穿不透万国城墙壁
在荒地上急得团团转

它昨夜用一场雪
盖住一地烂泥
为了我清晰地看见
强烈的阳光
打着几张菜农的脸

打在父亲脸上的阳光
总是忽明忽暗
最后他放弃治疗,回到村里
他的脸才明确地亮起来

在栗山坪,他的棺木覆上新土时
我突然明白,他最后的明亮
是因为躺在这里
能看见他亲手盖的老房子

在父亲眼里,我很懒散
对地里的劳作一无所知
成不了一条好汉子
现在也只想在湘江边做个诗人
去海边做个游手好闲者
没想过用一片土地安顿自己

当这片荒地出现在窗前
我就开始按自己的想法
设计洪山公园方案
直到我明白,它最后的命运
无非是重新成为一片荒地

(以上两首选自《诗潮》2018年第5期)

唐 果

阿健的帽子

阿健的帽子丑
他戴上丑
我戴上更丑

可是我想阿健了啊
我就戴着他的帽子
去镜子跟前站了站
去街上绕了一圈

（选自《诗潮》2018年第12期）

两棵树

两棵树，笔直
叶子掉光
太阳照着它们
影子掉在地上
是一双木筷子
它夹起牛羊
扔去草甸
夹起飞鸟
扔向空中

夹起嬉闹的孩子
扔进太阳嘴里

太阳咀嚼孩子
孩子"嗷嗷"叫

(选自《读诗》2018 第 2 期)

唐 依

容器

毋庸置疑,抽出的烦恼都被装了起来。
在杏花村,慢吞吞的活法
都在容器里

车行进在路上。每一次冲刺都渗透
决绝。仿佛一头扎进黄昏哪儿也去不了

鸟在湖面踮了踮脚就走了
一种被烈酒裹挟后的清凉

在杏花村,我有一个兄弟
他就像酒瓶上的釉
还没有被打磨光滑的粗砺
我总是痴迷气息被打乱后的陌生感

在容器里
酒是一种比孤独更大的词
人总是朴素的不自知
当我决定攥紧拳头走出睡眠
两寸高低门槛就能把我绊倒

我的兄弟
每一个夜晚都会闪烁微暗的火
我有你没有描述过的悲喜

（选自《飞天》2018 第 1 期）

茶名：忘言

儿时回家的路
两边有整齐的白杨
那时候，冬日安静
河口收紧。

年长后就很少回去
一些人事渐渐消失
那些空旷。缩紧脖子的风。

给母亲打电话
问她蒲公英是否有一颗随处安放的心
问她北方的空有多空

母亲啊。
河流一念结冰。
直挺的白杨，两三只麻雀下，
一个人就够。

（选自《太行文学》2018 第 2 期）

田 禾

我的乳娘

五婶。在张山吴村,
四十年前,我的乳娘。

她给我喂奶,自己吃着生产队
分的红薯和河边挖的野菜。

她系着又破又脏的围裙,
在院子里劈柴、淘米、喂鸡。

她跪着,低头,伏在灶前拨火,
弯曲着腰,去大河里汲水。

她摸黑洗着我的脏裤子,
靠着土墙为她的女儿梳头。

她再没有亲人,玉米棒子,
像站在她家门口的穷姐妹。

有时缸里没有一粒米,
有时苦难从她的眼睛里流出来。

两片亮瓦

父亲给低矮的平房加进去两片亮瓦
漆黑的土平房顷刻亮堂起来
昏暗的屋顶像开了天窗
这也是咱贫穷人家唯一的亮点
晴天阳光射进来
两片亮瓦,像穷人张开的笑口
十多年我没见父亲这么笑过
雨天,天空响过三声闷雷
雨水便开始在上面流淌
我没在意后来雨水流向了哪里
我只记得两片亮瓦在一场雨之后
冲洗得特别干净、明亮
母亲借着一片亮光缝补我的白衬衫

(以上两首选自《诗歌月刊》2018 年第 3 期)

田 暖

在光的诞生之地

那时我们住在一所天然的疗养院
泥土里翻滚的草木之心
闪烁如发光的鱼鳞
雏菊，石竹，牵牛花和野蔷薇一茬茬
开在山岗隆起的坟地
也在我们的院子里跳舞

我们过着节衣缩食的日子
家里没有电灯，没有收音机和闹钟
电视，网络和高铁是以后的事情
书里记载着第一颗通讯卫星飞上天空的消息
人们在这里忘记了暮鼓和晨钟的更迭
困倦时就搂着猫咪或小狗睡去
年轻而健康的鼾声，黄牛一样有力

梦里的爷爷除了耕种就是修墙
父亲已经成为这片土地最好的技师
除了鬼魂
我还知道人的灵魂像梦落下的影子
可在梦里我们总会撞到南墙
就像灵魂反复折磨着肉身
除了忍耐、坚持和爱

不断吹来的风总不停地重整旗鼓
我们在梦中得以慰藉

多年以后蓦然醒来的人
抚摸着脸颊上高一只低一只的酒窝
一只盛满了土
在江河与群山之间建筑着生活的琼楼
一只盛满了天
镜子似的照着这光的诞生之地

从远处归来的还乡者，多少年来
依旧是那个提着马灯的孩子
走在归途，好像奶水流淌在蜿蜒的小路

一滴泪在寻找它的光

在茂盛如海的花树下哭
终于擦肩的青春和错置的爱情

在人间的萧索里哭
掸去眼中深埋的灰尘

到提前选好的坟地里哭
活着的永恒而不朽的孤独

想哭，就来人群里哭吧
为提取不出来的自己

一个人沮丧地哭，衰败地哭
卑微而软弱地哭，撕心裂肺地哭
沉默不语、无可奈何地哭
无辜地哭，无端地哭，忍不住地哭

像英雄一样低着头,在小路上在夹缝中

放过倔强、扭曲的火
放过尚未燃尽的灰,放过火钳上的
也放过失去的,放过万物终将成为的落叶

只有哭过的天空
一切依旧,还是刚开始的样子
还有明晃晃的光在等着
一个又一个落难的太阳

(以上两首选自《山东文学》2018年第4期)

田 湘

风的词条

这是风的词条
随性、健忘、创造、毁灭、虚无

风说
浪迹是自由
静止也是自由
我想追风
风说好啊
可风是个健忘的朋友

风在春天吹绿了叶
成了债主
叶到秋天向它还债
可风早已忘却

风一次次被墙拒绝
可风依然飞蛾般向墙扑去
爱一次,伤一次
毁灭一次,又重来一次
风不断让自己再生

风到底是谁派来的

它抚慰我也鞭打我
我既爱它又恨它
可风生来就只懂遗忘
又岂是爱恨所能摧毁

风说来就来，说走就走
那么随性
我这一生可能也做不到

我时常为一些小事纠结
就像今天我站在风里
听瑟瑟的秋风
听着听着，就泪流满面
或许我永远也学不了风

风没有记忆
这多好啊，把悲伤交给风
就是交给遗忘

风啊风
从虚无中来
又向虚无中去

总有一天
我也变成一阵风

行走的树

我一直在行走
在时光里走，向着天空走
想遇见一颗像你的星星

我偶尔开些花,和白云说说话
表达我的喜悦欢乐
偶尔掉些叶,向大地寄一封书信
表达我的寂寞忧伤

作为一棵树,我一直在行走
却哪里也不去,我也不盖房子
你不来我要家何用
我宁愿感受烈日与风暴的酷刑

为了你,我开始了最艰难的行走
向着泥土深处,去寻找水及各种养分
不会有光,不会有谁来给我安慰
我要忍受地狱般的煎熬
抓住生命中永远的黑

我往下走得越深
就越能找到向上的力量
我的枝叶,就越能接近天堂
而我所有的坚持,都缘于你

(以上两首选自《诗刊》2018年3月上半月刊)

瓦 刀

无聊志

阳台上的皮鞋,落满灰尘
记不清多久,反正很久没穿它了
不穿,就不用为它擦油、上光
离开我的脚后,鞋面上的皱褶
好像又密集而深沉了许多

坐在假日的秋阳里,最无聊的事
莫过揣摩一双皮鞋的心思
作为鞋子,它不可能有什么思想
它能够做到的就是——
静静地呆在角落,把灰尘当成沃土

假山颂

一座假山,不会因为假而羞愧
它也有沃土,有羊群吃草
假山有假山的真欢乐
草木肥美,昆虫合唱
——俨然像个新社会
合欢、冬青、广玉兰
簇拥着,不谈论高低贵贱
一木得道,众草木闻风起舞

弹冠相庆，虫豸不能升天
山下新移来的梨树、山楂树
无冠可弹，窃窃私语
说着曾经的穷山恶水
想念它们的泼妇刁民

(以上两首选自《读诗》2018年第2期)

王单单

昵称

在没有遇见炉火前
哦,不!在没有遇到伤口前
所有的刀,都只是铁的昵称
命运这个老铁匠
它总认为,我是一把好刀
它总让我,立起来
站在自己的伤口上

呼渡

积石山下静悄悄的
菩萨们躲在洞窟里
歇凉。而我头顶烈日
只身来到黄河边
朝着对岸大喊

谁来渡我?

峡谷中传来回音
一次次,仔细辨听
又像是洞窟里的泥塑

向我寻求同样的帮助

我能渡谁?

（以上两首选自《诗刊》2018年6月上半月刊）

王夫刚

雪的教育

傍晚时分,孤独的雪做客北方
写诗的年轻人激荡,忧郁
他来到出售景芝白干的
小酒馆里,购买最好的风花雪月

他拉着酒馆主人谈论李商隐
但酒馆主人只知道李白
他把酒馆里的女服务员叫作妹妹
但妹妹们需要扫地,洗碗

他用公用电话寻找曾经一起
数星星的女孩——他说
现在的雪花比那一夜的星星还多

但他是一个失败的数学家
有百万英镑,而小酒馆
只能出售无关风花雪月的景芝白干

挽歌

最勤奋的牛也有力不从心的时候
它的脖颈贴在泥土上面

它的眼睛开始流泪——它的眼泪
和乡村屠夫的目光并不交集

它吃草卖力,总是起得太早
对不住床头;不做坏事冷落
庙堂;从前不认识大嗓门的拖拉机
现在已经习惯柴油的味道

它耕耘过的土地不打算保存
它的遗言;它住过的牛棚
就要住进一头小牛犊,带着好奇

在被放大的世界里,挽歌
不过是一个被放大的说法逢场作戏
老牛不喜欢打赌,却总是输家

(以上两首选自《诗刊》2018年1月上半月刊)

王家铭

在嵩北公园

请跟随我,在前寒武纪时代
一点儿油迹洒到的衣袂里,在岩层进化为煤炭
野獾出没在积雪的奇迹中,那新踏进的领地,
山韭和嵩刺蒙住了邙岭的眼。上坡的路,
那是我们的虚荣,像一曲挽歌被琵琶弹奏——
她呵气的动作,仿佛在河床里摸到了鹅卵,
提醒山顶微寒,耐心要被消耗掉。
于是松果滚落我们的脑海,快步向前,
追上想象中的
自己。剜开来白石流淌的路径,在摇摇
欲坠的嵩顶北坡,危险的高点,
梦的止境,和峰杪一道克服恐惧。
然而我的一生不是第一次
登临,今天终于被懊悔侵占。相机败坏了
我们的痛苦。至少是我的,体内的草垛,
残茬围成的盛宴,对命运的揣测无声息,
无可望尽的远山包围了村落。下山经过道观,
藜棘钩在裤脚,奔涌的琴弦,早已回到人间。
返程的列车呢,我跟随你。何处停靠,梦无声奔驰;
等小雨初下,有多少变幻,远远超出了
我们知道的世界。

拉赫玛尼诺夫

直到姜汁涂抹双眼，一个赌徒驱车驶过你额头。
直到有人在邮轮上挥舞双手，不是谁的幽灵骨立在北方。
直到琴声分开了山脊，坛子里装满鳄梨与夹竹桃，
并呈现出深渊：药剂在最后一缕光中看上去像水果。

我焦热的大腿被军舰鸟咬过，为什么不给彼得堡怜悯？
我加州三月无声的弥撒曲呢。栎树把海岬当成了悬崖，
暗自发声的陨石用尽了精力。骚乱的人群彼此毫无益处，
唯有孤单一吻献给祖先，而乡村教堂在树篱间保留了原样。

（以上两首选自《十月》2018年第3期）

王琪

荒凉之境

那丛荒凉,遇在雪落之前
真不知是该欢愉,还是忧伤
火车鸣笛,从村庄以南经年不断地响着
仿佛,只有那长长的铁轨
能将我的少年,运送至这中年的异乡

额头上,斑痕泛着旧年的光泽
蜷缩在厨房的大白菜,像我的母亲
朴实、健康地营养着一如既往的简单生活
等心尖上的月光,又一次照射在老宅院的照壁
读懂这陌生人间的
依然是涤荡在故乡河畔的黄尘和风沙

不见谷地里扬穗,不见斜坡上羊只
那暮光涣散且久远的年份
一把思乡泪里涌出的怀乡病
如同一棵稗草的种子,毫无光芒可言

浮生一日

再一次写下
空中暗黄,台阶呈藏青色

低语的残荷,香气散尽
光阴如此漫长
有没有在日暮里和你路遇、相谈
都将对一个妥协生活的人说不

古原寥廓
来不及回望、默哀
陌生的人间转而成苍茫
还没有磨破一双鞋子
还没有透过烟火看到村庄的静谧
一生的距离就被缩小

深入骨髓的风吹着
那洼地里起伏的衰草,势必会造成遗恨的根源
命运落在低处
我善良的愿望任灌木林压得更低
大地蒙霜呵,像旧时日
那双明眸也辨不清的斑驳,与迷惘

(以上两首选自《红豆》2018年第5期)

王小妮

飞机经过正午的武汉

这时候,月亮孤单地悬在蓝天上
云彩正搬运大团的白垃圾
所有这些都是自然而没有意义的。

恍恍惚惚向南飞
偶尔瞄一眼天尽头三朵膨胀的蘑菇。
这时候的云缝下出现了城市
一小片人间,一小片污点。
像摔倒的拾荒人
像是灰云彩的暗影
像牙签盒胡乱的翻倒
像慌张的救援队展开一条旧线毯。
我在心里回忆着武汉
想起了人,也想起了河
能想起来的都那么自然而有意义。

致锈掉的下水道

生锈的铁管
浑身脏得难受的劳动者。
为了站得更稳,需要弯下一条腿
只有一条腿

男的,裹着透不过气的铁红色上衣。
而这是一条灯火和食物多得眼晕的街道
过度的磨损,过度的油污
就要陷下去了。
这个金属的干活儿的人
将直直地落地,直直地不出一声。

(以上两首选自《作品》2018年第11期)

王彦明

我们

一条河可以不必奔向一个方向,
可以消去一切命名,就是站在天空下
流成一条河的样子。
一个人静静地走,全然失去鞋子。
就是按照内心的路线
摩挲大象粗壮的腰身。
一些银光只是骄傲地闪烁
在夜晚。它们也可以有自己的暗淡。

(选自《诗歌月刊》2018年第9期)

王志娟

春天了

天头就那样暖着
三月的雪以最快的速度融化
春,又往前推进了一尺

邻家的小孙子
阳光里趔趔趄趄地奔跑
一会向东,一会向西
他手指着的那片树林
快要返青了

黄狗眯着眼睛
懒得管事情
一只纸鸢风里飘着
怎么看都是去年秋天
与我告别的那只鸟

卸下厚重的棉衣
我要到园子中
去翻腾一块地
把那些摁不住的
都种进土里

(选自《北方文学》2018年第9期)

吴少东

向晚过杉林遇吹箫人

酢浆草的花,连片开了
我才发现中年的徒劳。
众鸟飞鸣,从一个枝头
到另一个枝头。每棵树
都停落过相同的鸟声

曾无数次快步穿过这片丛林
回避草木的命名与春天的艳俗。
老去的时光里,我不愿结识更多人
也渐渐疏离一些外表光鲜的故人。
独自在林中走,不理遛狗的人
也不理以背撞树的人和对着河流
大喊的人。常侧身让道,让过
表情端肃,或志得意满的短暂影子
让过迎面或背后走来的赶路者。
我让过我自己

直到昨天,在一片杉林中
我遇见枯坐如桩的吹箫人。
驻足与他攀谈,我说
流泉,山涧,空朦的湖面。

他笑，又笑，他一动不动，
像伐去枝干的树桩。忧伤
生出高高的新叶

转身后，想了想，这些年
我背负的诗句与切口——
六孔的，八孔的，像一管箫
竹的习性还在

小站

一个人在月台上踱步
南风顺着轨道吹来，
许多人乘早班车走了。
群山若荡开的一层层括号
此刻空旷，没有释言

从来没在感到适意的地方住过
我一直在寻求某个季节的某一天
夏天的，秋天的，或冬天的；
不被生活拖扯得不得心安，不像
这春风中不可抑制的绿；
某个午后，不是离开，而是到达
快捷出入小站，
在某地，盘桓数日

站外，山另一侧的那地方
有各种不同的天空，
湖水四时各异，林壑尤美。
夜晚，粗大的星星
让我激动

（以上两首选自《诗刊》2018年4月上半月刊）

吴投文

秋风起

秋风起,我从阁楼里下来
敲钟,一下两下叮当
蝉声的羽翼稀薄

西风来得早哇
有人撞上南墙不回头
独自叹息

草木抵住最后的凋零
却是一个恍惚,又一个恍惚
掩饰果实的迟疑

我钟爱这些发黄的草木
那么脆,天空晴朗
少妇走过庭园里落叶的嘀咕

我和一只蝴蝶的魂有什么区别呢?
舞一下,又一下
河水在远处静静地闪光

梯子已成朽木,我只有沉默
蚂蚁爬上一节
就有一节的恐慌

(选自"中国诗歌网"《每日好诗》2018年5月31日)

吴玉垒

今夜大雪

再没有黑能够愈合如此辽阔的白了
他不得不把身体,掏空
再没有如此辽阔的白能够让天地
失色,他不得不献出灵魂仅存的
那一点点,黑

千树万树,是不是梨花
都如许盛开,那些从前的城堡
再也结不出温暖的童话
他不得不为即将到来的日子,抹上一层
叫作又爱又恨的防腐剂,这随时
坍塌的世界,他不敢轻言放弃

再没有那样的酒,能够让人把酒
问青天了,即便此刻
万物竖起耳朵,有人对酒当歌
他也不得不将一万个词语的阴晴
圆缺,咽了回去

再不会有什么了,那个埋头吮奶的孩子
天一亮他就要走出家门

太阳看着他自己的光

太阳看着他自己的光
被黑夜吞服,像父亲
咽下大把的药;又眼睁睁地看着
他自己的光,被大海吐出
像母亲,喷出最后的血

这个顽劣的孩子,每天乐此不疲
看大地如何葱茏,看长空如何万丈
看人在光景中留连、沉浮
然后相忘

一如白昼忘尽黑夜,果实
忘尽花朵,一如他看着自己的光
被乌云捻成万千条思念
与整个世界,相忘于一场哭泣

(以上两首选自《泰山诗人》2018冬季号)

武强华

夜色

月亮出现在窗口,一只鹰飞进梦里
这是好多年都没有发生过的事情
床头柜上的那本书,已经合上
文字都已安静,但光线仍像一只老鼠
在暗中,噬咬着它

大街上,出租车一辆接着一辆过去
路灯已经顺从了秩序,低着头
黄色的光晕看起来又忧郁又狂野
凌晨三点,这个城市
看起来更像是花园,而不是废墟

今夜,河西之外的地方都在落雪
人们在大雪之中兴奋地跺脚,哈着水汽
在清洁工清晨出门的地方堆上雪人
并把红辣椒放在它的鼻子上。他们希望
这个人很快就会带着工具上街
在他们上班之前,把道路上的积雪清除干净

我站在窗帘后面,看见一个女人
在路灯下等车。她也许喝了点酒,有点摇晃
但所有的车辆都没有停下来

抽完第三根烟的时候,我想
现在,那个女人很可能已经回家
远方那个人,此时也很可能已经熄灭烟蒂
轻轻地,在他熟睡着的妻子身边躺下了

红柳林中

叶子密了就看不出它枝干的红,
就像伤口,隐藏在暗处,
疼痛不需要表白。
风在吹,河道一直延伸,
圆形的树冠紧挨着爬行的光
——暮色里,天际线同样需要传递孤寂。

旧年的枝条太密,蛛网交错。
暮年的胡须缠绕着,
似乎隐忍比挣扎更适合生存本身,
而非冲撞,非离弃,非理想主义。

荆棘夹杂,一不小心刺就会发出声音,
挽留住我们身体里的慢。
外围的高大杨树行列整齐,
树梢的嫩绿代表着生活的阳面,
笔直的风吹过行间,恬然的春绿就会被复制下来。

庞大的树林中,红柳琢磨着风向。
有时,其中的一株佝偻着腰,也做沉默之状
犹豫着,速度……

(以上两首选自微信公众号《诗人文摘》2018年10月21日)

西 娃

闺蜜

闺蜜知道 BOEY 为我拍照
是美国最大图片公司
在全球选 192 个自信,自由,独立的
女人,于中国选中了我
她把自己年轻时的照片
翻出来给 BOEY 看

BOEY 只笑笑,说美国人
更喜欢西娃这张脸
闺蜜沉默几秒,朗声说——

也是,美国人的审美怪得很
2018 年维秘模特人大赛
倍受他们青睐的温妮·哈洛
是白癜风患者

2018.11.14

只有"妈妈"是通用语

莫纳什大学
硕士生博士生毕业典礼上
上千个毕业生和家长聚集一堂
白种人，黄种人，黑种人，棕色人种
只有英语没有翻译的典礼
肃穆，庄严，却有些僵硬，无趣

叫翟坚霞（音）的越南女人
从校长手上接过博士生毕业证
"妈妈，妈妈，妈妈……"
一个童稚的声音在礼堂里回旋
静谧的人群陷入僵局，仿佛过了一个世纪
人们纷纷起立，掌声一浪盖过一浪

我身边那位一直没有给任何人掌声挺直而坐的高冷
白人女士
不停用手纸擦眼睛
泪水弄花了了她的精致妆容

2018.12.12

（以上两首选自西娃个人微信）

小 西

关于树的无数可能

一棵树
有时是门,有时是床
有时是刀柄和菜板,弹弓和陀螺
有时是箱子,或者扁担

有时是一把琴,弹破了江山
有时是无数铁锹,掩埋了真相

有时是两个醒来的纸人
抬着棺木
去往天堂的路上,遇到了火

在火车上

你们多次谈论到父母
包括他们初次进城时的表情和语气

我暗暗想象他们的模样——
粗布衣裤,装满土特产的竹篓
刚踏上电梯时的惊慌

你们不时发出心满意足的笑声

我低着头慢慢剥开青橘,没说一句话。
我没有了父亲
也没有了母亲

(以上两首选自《芳草》2018 第 5 期)

谢宜兴

身体中的玫瑰

这是怎样一座隐秘幽暗的花园
仿佛一夜之间,玫瑰开满我的身体
这些被关闭的激情,淘气的孩子
他们找不到开门的钥匙,透过玻璃窗
我看到他们一脸坏笑,而人们只看见
许多含苞或开放的花朵,一匹
碎花的缎子,一面春风荡漾的草坡
只有我看到它们花叶下面的花刺
像我们爱人小小的脾气
最初我感到疑惑,后来我有些紧张
这些美丽的刺绣,莫非谁借用了
我的身体?或者黄金在时间中有了
矿锈?我们身体中有多少如花的
欲望,像海葵舒张的触手,
可有谁看见了它指尖小小的毒

琥珀色的夜

这个夜晚可以浓酽可以寡淡
可斟到我的杯子里都那么恰到好处
琥珀色的,氛围或者心情,都接近于诗歌

坐在我对面的人,烧不烧水已不重要
我心里的谁在沸腾,杯盏间已有热度
一群小鹿在栅栏里跃跃试蹄

不敢相信你是陌生的你她是遥远的她
时间仿佛回到十五年前的长安都
一样的纤指一样的杯具一个人的孔雀舞

把近在咫尺的你看远,远到他乡异国
你的沉静斟到我的杯子里都成了烈酒
让酒醉的我更加沉醉更感孤独

(以上两首选自微信公众号《诗黎明》2018年11月27日)

徐春芳

静下来

静下来,一枝梅花
悄悄站在窗前

静下来,一炉香烟
袅袅着锦瑟心弦

静下来,白雪深了
人间的灯火也深了

静下来,你眼里飘着细雨
我的脚步走出惆怅的章句

静下来,一瞬百年
火花熄灭又闪现

静下来,这大千世界
是心上的一点尘埃

(选自《上海诗人》2018年第3期)

徐 江

影舞·流浪者

我很早的时候
就知道这部印度电影
那是某一年的换季
家人晾晒被褥
床板上有几页散着的旧画报
上面登着《流浪者》《两亩地》
大幅图片上烫头的丽达
一度让我这个孩子觉得恐怖
我出生的世界
没有这副打扮和长相的人
它陌生的背后说不定隐藏着
某种说不出来的威胁
把我拉回到平常心的
是伟大的向隽殊
（有一阵我一厢情愿
把名字记成"向秀珠"）
今天回想起来
向才是最伟大的配音演员
让所有的外国人
说听着舒服的中国话
无论是特工
还是天真的小姑娘

银幕后不老的女神
也许她和我最大的遗憾
就是没能看一部不存在的
由她主配的《罗马假日》
（虽然已故的配音晚辈金毅
表现也还说得过去）
向隽殊和银幕上拉兹的小胡子
几乎就让我们信了
以为《流浪者》
是亚洲最好的电影
其实它诞生在
黑泽明《罗生门》
拍完的六年之后
中国人喜欢《流浪者》
不过是因为它更靠近
《乌鸦与麻雀》《十字街头》
它拍得更简洁也更快乐
我们太想有自己生活中
没有的快乐
（谁会真在乎孟买
有没有那些快乐呢）
你看，我们现在还在
谈论《流浪者》
我们在谈论快乐

写作的哲学

早上出门，空气出奇的温和。
没什么风，气象台说最高气温达到了八九度。那就
是入冬以来最暖和的一天。
更难得的是，没有霾，天上蓝得接近秋天。

上午接妈妈出院。
下午陪老婆去另一家医院去看扭伤。
晚上再去妈妈家。
中间穿插着是工作——审读书稿、沟通设计方案之类。

这之前，是连续几天心脏不适。
再往前，是连续十四天的每天医院探病。
连续两个月的老屋管道更换、陪妈妈奔波几家医院体检。
再往前，是岳父临终前的几个月。
再往前……

好像一年的时间很快就过去了。这一年里、因为自己和家人的原因，忽然和陌生的医院混得很熟。楼与楼之间的通道、各种缴费和检验窗口、医务人员和护工。

因为心脏和血压，会想到一个人的心脏究竟能在带负荷下持续多久：二十年、十五年、十年……我想着普鲁斯特在病床上校完小说最后一部的情景。想着尤里·日瓦戈怎样在行进中缓缓倒下，在小说中的街头。

那都是幸福的终止，仅次于赫尔曼·黑塞在莫扎特的乐曲里睡去。它们都是奢侈的——在当代，在我的环境，没有一个作者，能获得如此安静、纯净的末乐章。

这种巨大的落差，也正是绝大多数艺术家传记所尽力回避的。那些契诃夫在肺病中昏迷的日子，里尔克在白血病中偶尔清醒的日子,茨威格惶惶不可终日的时刻,芥川龙之介万念俱灰的那几秒。

这些无一例外被书写它们的笔回避着。而它们的传主,永远来不及用天赐之笔记下他们真实的感受。波德莱尔的笔,狄更斯的笔,莫泊桑的笔,艾略特与塞林格的。

这才是整个写作教材中最难的一部分。老师们迟迟地不来揭开幕布。命运捉着你的手,让你自己一笔一笔写下。在巨大的红色的时间之浪的沙滩上。

此刻它是,独属于汉语的。

(以上两首选自新浪微博"徐江微博"2018年12月17日)

徐俊国

古老：致大雪纷飞

我本来就是一个
古老的人，
来醒雪寺住了一夜，
又古老了一些，
忘了一些人和人间。
那些
大雪纷飞的事，
悲怆的曲子，
一朵朵，飘落在
喜鹊走过的冰面上。

听雪：致木质时光

你的声音，
带来一场薄雪。
我们洁白地围在一起，
听古琴弹奏木质时光。
有那么一刻，
茶香升向每个人的头顶，
氤氲成莲花的形状。
你一直在下雪，
却从不加厚自身，

恰如其分地暖着我们。
雪花落,我们听,
不愿睁开眼睛,
怕你
即刻融化。

(以上两首选自《扬子江》诗刊2018年第2期)

轩辕轼轲

大地的屏保

车窗外
农民在大地上耕种
这个屏保
已经存在了
几千年
用咔嚓声
一划
就能露出下面
如同碎屏的
兵荒马乱

成吉思汗的部队没有粮草官

每个人都要
自备干粮
牛肉干
羊肉干
奶酪干
压缩饼干
只有马是湿的
它只有不停奔跑
才能避免

倒下后被制成
马肉干

最小的飞机

从鄂尔多斯回北京
我乘的是大飞机
从北京回临沂
我乘的是小飞机
从小区回家的路上
我平伸两臂
跑了几步
突然意识到
自己就是一架
最小的飞机
里面连一个空姐
都没有

（以上三首选自《读诗》2018年第2卷）

丫 丫

凌晨四点半，海是什么颜色
——写给赴青岛北海舰队三个亲爱的小姑娘

枕木唤醒枕头
汽笛在闹钟之后

凌晨四点半
海是什么颜色？

这样的夜，与寻常的夜
有何不同？

祖国，我要多美多坚强
才能配得上你的召唤？

多少未曾说出的话语哦
被缝进迷彩的军鞋胶底

仰起头，抬高眼睛
眼泪还是掉下来……

但正是泪水
一次次重塑了我们

再见。父亲微弯的背
再见。母亲紧皱的眉头

再见。车站内外
隔着玻璃的血脉和不舍……

再见，再见……
我想去看看，海是什么颜色

想去看看
我体内血液的支流

既将汇入的海，究竟
是什么颜色

液态的姑娘，闪光的玫瑰
你们可知道，一个诗人

在回程的火车上
给你们写诗

她的心
忧伤而饱含深长祝福

在她笔下
喷薄的麦穗

闪着光，
融入海的蔚蓝……

苦楝树

苦楝树和羊儿一样
是外婆的命根

一颗绿色的灯盏
照亮了通往塔后山的土路
外公上山采苦楝叶的脚印
深深浅浅,织成一条弯弯曲曲的鸡屎藤做的链子
给孤单的老树,颁发荣耀

那一年酷暑
外公最后一次上山采叶
突发的心血病结束了他半辈子的活计
他由一个烈汉子变成一个孩子
此后苦楝的枯荣与他无关

"这真是天意。上天才有办法让他的手脚停下,
歇一会儿。"外婆搓着手,念叨着

是的。歇一会儿
一小会儿。

当他的坟墓紧挨着苦楝树
那茂密的叶子,像是多年来
为他准备的厚厚的棉被
高高的树干,掩护着矮矮的土坟
又像是肩并着肩,挨得那么近
一如多年前那张补拍的
黑白结婚照里,一高一矮的两个人

(以上两首选自《作品》2018 年第 3 期)

严 彬

浏阳河往事·施爱华

施爱华，我的奶奶，
从施家冲茶山里走出来的女人在河边耙柴：
柳树，樟树，苦栎子树……她耙出全部的生活与火，
浏阳河的树一年四季帮助她，陪她度过天晴的日子，
燃烧它们，也烧一个旧时代女人的命运。

我的奶奶永不成熟，没有出生年月和战争回忆，
二十多年以来，她从不对我说话，没有口音，
我想，如果不是因为对母亲的思念，
不是我和她高大而健谈的弟弟（我的老舅）喝酒，
这个女人真的到过浏阳河吗？

白皮肤的爷爷，请重新在梦中告诉我吧：
你们如何相识？我的奶奶是否坐过红轿子？
你的四个姐姐在镇头市为她挑选过什么礼物……

我为你们收拾好家中最宽敞的房间，
为你们烧一堆火（用熟悉的木柴）。挑个日子吧，
一起来说说这个外乡女人五十八年来被埋没的故事。

（注：苦栎子树，音，浏阳常见的一种树，叶如小舟，结串形有核果，不能食。施爱华于1991年去世，终年五十八岁。）

浏阳河往事·一丛枸杞

一本书引起的回忆，
让我想起那丛枸杞。
它年年开花，年年结果，
我们这些赤脚长大的孩子
从它旁边跑过，
去摸河里的螃蟹，
躺在成片的鹅卵石上晒太阳。
在鱼群迷恋的码头把水鬼的歌声忘掉：
我们跳进河里。

一丛浏阳河的红枸杞自由脱落，
几页女妖的故事随着大雨
重新融化到河流里……
这些事情大人们无从知晓。

（以上两首选自微信公众号《凤凰网读书》2018年12月30日）

颜梅玖

雨水节

窗外,雨沙沙地滴落
我躺在床上
从一本库切的小说里歇下来
去听那窗外的雨声
房间里开着暖气
细叶兰第二次开出了
一串粉紫色的小花
厨房里煲着一小罐银耳羹
香甜的味道弥漫了整个房间
一整天了
我沉浸在小说的细节中
在时间的表皮上
雨自顾自地嘀嗒着
均匀而有节奏
书中那个老摄影师的身份困境
汇同着它,一起垒高了我的惶惑
这回,是应和
使我感到不安和不快

(选自"中国诗歌网"《每日好诗》2018年4月12日)

杨碧薇

彷徨奏

恭喜！在我的黄金时代
我迎头撞上的，是猝不及防的冰川纪
瞧，沉默的山河一如既往
如含饴糖，将万物之命门抵在
牙床和舌尖中间
小隐隐于尘埃，大隐无处隐
我的虎爪在琴键上砸着凌乱的空音

夏日午后读诺查丹玛斯

隐喻放之四海而皆准
但对于星辰，上帝只准备了唯一的酒杯
千万别指望预见就能抵挡
哪一次大灾难，不是借着宏伟的描写
才使枯玫瑰错彩镂金
我一寒颤，回视窗外树叶，正向高原阳光
施加倾城绿意
这个宁静的午后
刚复活的宫殿，被盲视的幽灵挤满
知识分子在 CT 室照脊椎
布衣在尘世的幸福中自寻烦恼
匹夫在纸上谈兴亡

（以上两首选自《边疆文学》2018 年第 9 期）

姚江平

壶口瀑布

有这一壶老酒
人生足矣

这酒,是从天上来的
是从诗仙李白的掌心里
滑落下来的
"黄河之水天上来"
他醉了,醉在黄河
他美了,美在壶口

他的一次沉醉,穿越了千年的风云
他的一次迷醉,牵引着身后的众生
更让我这个酒鬼加诗痴的后生晚辈
就着缕缕的月光和他一起举杯对饮

这一壶好酒啊
让我的胸膛涛声阵阵

在洗耳河,听鸟叫的声音

最初的一声,从树林的一头传来
沉寂了几秒,便是一片,此起彼伏

澄亮澄亮的质感,叶脉上滚动着的露珠

叫了,就这样叫了,一只鸟,两只鸟,一群鸟

太阳才刚刚升起,雾还没有散去
比树叶还多的日子睡了一觉又精神十足
出圈的山羊,咩咩叫着,又走向山坡

(以上两首选自《诗刊》2018年9月上半月刊)

叶菊如

自画像

除了王家河,除了王家河的
梨园、菖蒲和鸟鸣
这一天,我找不到什么可以抚慰
一朵孤独的烛火——

鸟鸣里藏不住欢乐
水菖蒲高过头顶,紫色的花朵
弥散慈悲的气息
当河水开始微微波动
当累累梨园和从前一样泛着夕光——

我怀疑这些温暖的事物
像是暗中替谁抵消
那一次的明修栈道
我拿着手机,趁暮色还没有落下来
取走这一切,送给自己

(选自《星星》2018年第11期)

一 行

红砖楼

今天我只想念
红砖楼的颜色。——铁锈一样的颜色,
寒凉、深暗,构成了
我童年生活的主色调。
在它花生皮般的包裹中,
我们营养不良,像蔫掉的仁儿
往阴影里成长。
楼道永远是潮湿的,台阶
散发着苦醋似的气味,
像是花生内部的黄曲霉变,
从外面是嗅不到的。
老鼠从四楼逃到一楼,被孩子们
追打,尖叫着跳起,血溅到
剥落了白石灰的内墙砖头上——
而在外部,同样发生着
两种红色的重叠:这幢楼
变冷于幽深的暮光。
每个夜晚,矿上的探照灯
都要照向这里,有时会来回
扫射,像在辨认着什么。
那时我会从屋里跑到阳台上,
向远处江边的光源眺望。

自从那艘装载了二十余人的
运砂船沉没之后,整座砂矿
都被一层无法驱除的黑暗笼罩。
清晨,阳光一点点
将整幢楼的红砖铺满,
却没有带来些微的暖意。
直到我离开那里,那红砖楼的红
仍像凝固的血一样,不肯流动。

(选自"中国诗歌网"《每日好诗》2018年3月19日)

尹 马

数羊

数羊我是认真的
一只，两只，三只，四只……
数到出错，就倒着数回来

如果你真有那么多羊，如果你的羊
在同一天死掉，剩下最后一只

你还可以这样数：一只，一只，一只……
很快你就睡过去了，很快
你就能梦见死去的羊

它们会站在一块腐烂的云朵上
吹着同一片树叶
去会见不同的草原，和亲人

小隐

赶不上一场雨水栽瓜种豆
就趁着淫淫日光，抱一捆柴回家
顺便替一片森林，拿走枯萎的部分
让春天，有个春天的样子

下山时,我得绕开
一个在草垛旁打鼾的老者
一个在桑树下磨牙的懒汉
一个在人群中大惊小怪的少妇

烧柴煮诗,浇筑肉身
顺便代表天空,问候农忙时节的父母
和在节令的缝隙里
游手好闲的弟弟

(以上两首选自《滇池》2018年第9期)

影 白

寒山寺

游人如织。每一张喜怒哀乐的脸
仿佛都是一片翻飞的落叶
和合二仙如此,我
亦如此

此时,正好午时三刻,正好有人
花钱敲钟,正好草木
蓊郁,正好我
六根不净

我入寺
不过是入一个人的心

游人如织。枫桥下的
流水知道
我随她而来亦随她而去

观画

不见青山
我正在山中推着一块巨石
不见大雪封山

雪花正纷纷从我眼里
飘落于山间
不见来路与去处
雪中的松针
正如芒刺在背
不见飞流直下三千尺的喧嚣
大海的沉默
就是上帝回答每一滴泪水的答案

不见孤鹤的一字一句
踽踽独行的皴裂
我身后的脚印
它们总是由黑变白
不见薤露，不见晚霞
不见你，这幅画依旧挂在人世
熙熙攘攘的走廊中

（以上两首选自《滇池》2018年第9期）

尤克利

月亮告诉我要照看满天星星

月亮瘦骨嶙峋的时候
告诉我要照看满天星星
把它们疲惫的光芒接在手中
我的手和眼睛
抚摸过五谷杂粮、水果、小兽
和爱人的秀发
抚摸过长久的石头
满月下梦幻般的家园与萤火点点
如今,又要把星星暂时托管

父母临走的时候告诉我
要照看好自己,照看好自己
也就是照看好了祖上留下的田亩
记忆中恋恋不舍的家
锅屋里准时飘出的饭香
照看好了灶王爷、门神和诸路神仙
四季中悄然而至的节令
守着孩子长大成人
由着自己在月缺月圆中慢慢衰老

在弥留之际
我也会选一个光影迷离的时辰

忍着泪
告诉孩子们要好好地照看满天星星
更要好好地照看自己
如同照看走远了的父母

与远方的朋友说起远去的炊烟

小溪流要做饭
水草是它的炊烟
风朝一个方向刮
小鱼儿能听到母亲的召唤

多少次我用清澈的双眼
看这水中的人间
我居住的村庄风向不定
我们的童年早已被吹远

它们曾经是那样地真实
如今只在我们的回忆里
淡淡
飘散

（以上两首选自《诗选刊》2018年第11—12期合刊）

于 坚

加勒比

谁乳房中的花朵 纷纷涌向秋天又在祖母的 灰发中消瘦
谁的建筑材料 完成着一座座无人加冕的教堂
谁的歌剧 波浪之书一本本打开又归于剧终
谁的修道院 沿着墨西哥湾 一粒粒沙子在 天空下弥散
荒野终结处 大道坦荡 垂暮之海闪着微芒
星星的公墓安放在深渊下 狮子迷失于更辽 阔的广场
谁能在这面巨大的镜子中看见自己？ 谁在 此地
长眠而不死 被黑暗永恒地照耀

玛雅神庙

北方来的人们停下 厌倦或兴奋
漫长的旅途哦 终结于大海边
波浪当然掩藏着一切 追求真理失败
油尽的长途客车一阵无聊 不能退票
游客得多照些相放在购物袋里
玛雅人的神庙还没有倒 比悬崖略高
一群为隐藏某种秘密而积累的岩石积木
被暴风雨和太阳洗过一万遍 白得

耀眼 似乎一直闭着 此刻刚刚睁开
也许没有秘密 他们在黑夜里搬开看过
被某种只为吸引而不兑现的承诺守卫着
荒废千年 墓地里没有半具骷髅 走近时
依然像那些土著人 忍不住战栗 渴望着
他们渴望过的 那些 会在一条蜥蜴
遁入剑麻丛时揭晓

（以上两首选自《十月》2018 年第 4 期）

余笑忠

遥望

一年中的最后一天
阳光甚好。好到想打赤脚
在正午的沙滩上走一走
我说的沙滩,是我了如指掌的
故乡的河滩
那里也有零星的、来历不明的
弃物,或遗物
但冬天的河水是清澈的
清澈到了没有明暗两面,无论
我的双手如何搅动
丽日之下,那里的波光不可久视
因此,我在这首诗中要留出空行

好让你在此驻足
坐等消失已久的少年
浮出水面

梳理乱发

每当我用手指梳理一头乱发
总会有头发掉落下来
我并不为此感到悲哀

只是暗自惊奇：每天，每时每刻
都有失去立足之地的头发
混迹于一头乱发之中

眼前的这一小撮
与淋浴时，从浴池的排水口
抠出的那一小撮
同出一源
只是那纠缠的一小撮
因其卑污而令人不快

想起那些剃度者，削去了烦恼丝
但是，如果一棵被剥光了皮的小树
都令人不忍直视
那么，剃得光光的头
同样令我不忍直视

每天，每时每刻
我知道，我都在接近失去立足之地
我将沦为眼前的这一小撮
我朝它吹了一口气……

是的，有人动刀前
喜欢吹吹口哨
或对着刀刃
哈一口气——

是的，偷窥到那一幕的人，无不
毛骨悚然

（以上两首选自《扬子江》诗刊 2018 年第 5 期）

玉 珍

献祭

人是诗的献祭,甚至
并不像它的主人

一个人毕生在诗的祭坛里修炼
不觉得痛苦,他习惯了孤独
而诗只是语言,一种表达的方式
疏离着世界的野蛮
它的苦全由人来承担
人为此
诚然奉上代价,为一首未知的诗
为下一行
为不可能的永恒燃烧了自己

在几页纸面前
忽然度过一生

字的声音

我觉得辛酸,这句像先知的预言
如果此刻有一位来访之幽灵
他的眼,是否该望向这里

一位诗人的心像他的字一样散开，
他敲碎了它们，
重新组合，重新在一张纸上
铺开，陈列，喊叫
字的声音仿佛冰雪消融

焦虑的人类的困境
正像雪水一样流淌

人的纯洁

人有一部分痛苦来自纯洁，
人的纯洁
一种危险的高贵
花朵般脆弱
却有人奢望它永生

（以上三首选自《汉诗》2018年第1期）

袁绍珊

仁和寺的午后

看着山水,自然想到遥远的事
想到雷电交加,翻云覆雨

一对年轻男女走近对方
红叶羞涩,万物心动摇晃

所有爱的开始都是好的,看到善
永不觉累,无言中互通款曲

牵着手,迎向感人的花草
沉默。闭目。极致快乐为生之全部

世界只剩下他们,和我,躲在阴影
想起掩耳盗铃的爱情。万物的临终

心碎的防波堤樱花扑鼻
爱的圆规刺进心脏,设限的爱何其龌龊

像仁和寺,他们晶莹如琥珀
我一不小心就旧了,放弃千疮百孔的复仇计划

此刻太阳,已躲进云层

我已熟悉，和万物道别的眼神

错过一些人是毕生修行
即使千年寺庙，也无法私有黄昏

大地不隐藏必然的萧瑟
爱之为爱，正因有星散的不堪

他是过客我也是过客
心存感激，从此迎送每个冷峻的驿站

仁和寺低声告诉我
没人能在时间里赴汤蹈火

爱的感觉
是爱的行动之必然结果

乌云已镶着金线
命运总在螳螂捕蝉

看着山水，自然想到遥远的事
想到云淡风轻，想到人生从此失去经纬线

想到遗忘，即使遗忘比爱强悍
想到圆满，即便无法修成正果

即使无法，在白首中共看这山山水水
即使用毕生告别，即使是告别的秋天也值得盼望

（选自《十月》2018年第3期）

苑希磊

通往火葬场的路

这是怎样一条路
嘈杂，无序驶进驶出的车辆
形形色色的人，素衣，严肃的脸庞
让这条路两边的风景异常明艳

来时，大声哭喊着离开子宫
所有人都投来微笑与爱怜，人生的起跑线
从单一而变为复杂，如此，每场美丽的邂逅
都如这路边的风景，让人惊讶。

沿着这条路走到天黑时
没有回转的余地。如奔驰在轨的列车无法
完成急转弯。而生命
走着走着，就到了火葬场的路

高官，工人，农民，偷盗者，死刑犯，吸毒者
妓女，肿瘤，艾滋病，梅毒，抑郁症，精神病
都将在这条路上卸掉一生荣辱，如同数字"10"
突然被削去了支撑存在的理由。

走在这条路上，我一直都在冥思
那脱掉皮囊的人，该有着悲伤，抑或喜悦？

而这条路,该是怎样一条
——通往火葬场的路

劈木头

世人用刀斧劈木头
一分为二,二变成四,四成八
琐碎的木楔散落一地。
我也劈木头,刀斧太冷,太锋利
来不及喊疼,木楔尸骨般散落。
我劈木头。是剥心蚀骨
寻一条线,牵住它曾经的一身阳光
和阳光下风吹飒飒的响声。
劈木头,并非什么绝活
摩挲。用心拉直那些坎坷,命运
注入它体内一道道精致花纹。
你看,那花纹如此冷艳
你看,那光洁、整齐的断面上
凝聚了多少欲望,对光、对雨水、对
栖落的鸟鸣。我仿佛听到
鸣叫自它体内传来,辽远,回荡
如一个人,回首喊了一声,像要叫谁出来。
我仿佛看到它翠绿的叶片已黄沙漫起。
黄昏,我在院子里劈木头
一分为二、二变成四、四成八。
一直劈到天黑,天真黑呀
一个人绝望的一生。

(以上两首选自《西部》2018年第4期)

臧 棣

完美的山楂入门

风味独特,酸甜到
从最初的童年,你的成长
比邻它的生长,一直到
虽然隔着一堵墙,也无法阻断
它生长在你的成长中。
果树的陪伴培养的是
天性中的友善,我觉得
我很少会像在院子里种下它那样
赌对了一点什么东西。
伞状花序稍一撑开,
春雨就及时到绵绵;
果木之中,它的姿态偏于朴素之美。
人体之中,元素之谜
始于它知道如何在温火之上
慢慢搂紧荸荠和冰糖。
它是忠于记忆的果实,
通红到游戏即测试:橘子和山楂,
如果让你选,你会选山楂。
换一组,多增几个选项,
香蕉苹果桂圆和山楂,
如果让你选,你依然会选山楂。
冬枣脆甜,口感十足,

但如果二者必居其一,
你还是会选山楂;因为事情简单到
其他的水果都是买来的,
只有山楂,是我抱着你——
倾身向前,胳膊伸得直直的,
你终于从悬空的事物中把握到
原来好吃的红果果是可以
亲手采摘到的。

刺猬向导入门

草丛的幽暗中,秘密小径
不交叉宇宙之谜,反而
从人生的死角里抽出
一条窸窸窣窣的线索——
我搂着你的影子,盲目于
我们竟然可以非凡地走向
盲目竟然比死亡还奢侈。
在我们身边,它羞怯犹如
你先于我们在它身上发现了
一个小小的向导。而在成人世界
太多的偏见令它的敏感垂直于
美德的匮乏。更深的沉溺
将我们带到它的刺面前——
不多不少,每一次触摸,
都会留下不止一个教训。
受惊时,它浑身卷成刺球,
给宇宙送去一个强硬的礼物;
但你一点也不怕,好奇如
我们本应是神秘的受益者。
放生之前,它蜷缩在阳台上
用了七天时间竭力扮演你的宠物。

小小的主人身上竟然埋伏了
那么多膨胀的责任。你最初的
平等意识来源于：全身布满尖刺，
它居然和我们一样也是哺乳动物。
安静的旁观中，照耀在它身上的星光
一直在美丽的黑暗中加班，
而黑暗在星光的歌唱里仿佛已失业。
它是你的灵感，僭越了童年的边界；
但更难得的，它也是我们共同的灵感，
僭越了世界的破产。它完美的警惕性
如同一具带刺的王冠，肉感于
可能的话，我们只想站在它那一边。

（以上两首选自《十月》2018年第4期）

臧海英

星空下

站在老家的院子里
我无法告诉你,满天繁星
手机镜头里,也一团漆黑
我只能告诉你
今天,我又写了一首失败的诗
我的沮丧,是无法描述星空的沮丧
我啊,其实一直站在
星空与残稿之间
——一个笨拙的转述者
他结结巴巴

在半空中上班

坐在康博大厦二十四楼
我怀疑现实的真实性
地面上的事物
纷纷缩小了比例,给我看
相比他们,我并没有离天空更近一些
相反,它的高度和广度
继续扩大着我的小
但我已放弃返回地面的机会
自愿在半空中

做个双脚悬空的人
我的工作,就是日复一日
坐在办公桌前,给天空写信

(以上两首选自《诗刊》2018年6月上半月刊)

张常美

月色几分

天黑后,我们也不点灯
轻言细语,一只萤火虫就可以用上很多年

蛐蛐的叫声抬起青石台阶赶路
一座房子怎么老的?

青瓦里长出咳嗽的蛇
一点一点,舔亮了山墙上的月牙

奶奶从故事里拉出一个旧蒲团
比月亮大一圈。现在想来
也还有几分月色笼在上面……

(以上选自《诗刊》2018年1月下半月刊)

敖汉牧场·羔羊·雪

(1)
羔羊在雪夜中诞生
它挣脱,热腾腾的胎衣
在雪地中,站立起来
它叫了一声,咩……

宛如宏大史诗中的一句开篇

（2）
大雪。蒙古人，鲜衣，怒马，
大雪。蒙古人，怀揣着湿漉漉的羔羊
回到毡房。他把羊羔
递给他的女人的时候
如同捧着一件祖先的圣物

（3）
羔羊，往女人的怀里钻
像一场雪，拼命
往草原深处的毡房里，钻
——雪钻入毡房，就化成了水
——羊羔钻入襟袍，就化成了孩子

（4）
一顶毡房，在广袤的风雪中
是一个世界
一顶毡房，一个马头琴，一声羔羊的喊叫
一个女人欠起身，往灶炉里，摁了几块牛粪
是另一个世界

（5）
敖汉牧场白了，天黑了
炉灶里的火，红通通
女人睡着了，梦见草原绿了
羔羊在怀里，轻轻拱着
嘴巴多温暖

（6）
往北，是乃林牧场

往北,是雪更深的地方
往北,星空照耀着雪原
狼群啼鸣
一个牧人,抱着难产的女人。两手鲜血

(7)
你听到过一只羊的惨叫吗
你听到过一千只羊的惨叫吗
在积雪中,因为饥饿
它们伏在雪上,叫得越来越无力
像一堆雪,在叫。像雪白的大地在叫

(8)
黑脸膛的牧人,抓着两把鲜雪,擦脸
红脸蛋的塔娜,用铜壶烧水
红脸蛋的哈斯,在缝补羊皮袍子
狼群涌向山包上,秘密集结
女人刚刚睡着,女人刚刚睡着……

(9)
有的羊已经不走动了
有的羊已经不哀叫了
雪,已经停了。风大起来
它们刚刚睡着……它们刚刚睡着……
狼群在风中,别着刺刀,已经默默走下山冈了

(10)
往北,是乃林牧场
往北,是僧人讲过经的地方
僧人说,每一根舌头都是暗藏的刀子
牛羊的舌头,狼的舌头,情人的舌头……
僧人后来不讲了,僧人后来不知道哪里去了

（11）
那些风雪中的羊，还依偎在一起
那些冻僵的嘴唇，还保留着，互相
温柔舔舐的样子。这世上
永不会发生，羊吃羊的故事
这世上，需要有一种善，被保留下来

（12）
羊：风雪中的思想者。狼：血泊中的隐居者
它们都伏在各自的地方
如一座低矮的山神庙，如一片坟场
雪花铺天盖地，拍打着它们的额头
小羊羔在流泪，小狼羔也在流

（13）
天亮了。鹰，蹲在僵冷的羊群中
从一具，跳到另一具
像在帮牧羊人清点。它弯刀般的喙
沾着鲜红的冰渣子。它一刀刀，啄着
像解剖。像牧羊人请来的，不知疲倦的小工

（14）
僧人往北去了，僧人下落未明
僧人路过敖汉牧场，乃林牧场，达罕牧场……
僧人还没有路过的地方
人们已经备好了热水和奶酪，在风雪中等
人们已等了很多年。小伙子巴图，头发都等白了

（15）
不要盯着那个老妇人
不要向她打听爱情

她一生，未曾想象过玫瑰
她一生的冬天，都用来剥羊皮
今天，她用小刀剥开的，是一张牛皮

（16）
有人在干涸的河床里
赶着牛车，往河的上游走
牛车上驮着什么，往河的老家走
那么宽的河床，牛像个小不点
是不是一直走，就能找到水，就能走到泉眼里

（17）
飞翔有无数种版本，奔跑也有无数种
一个人生在敖汉草原，却只能是牧人
如果他，去了远方，过上另一种生活
喝醉了的老巴图，就会一遍遍说
"他可真不幸啊"

（选自《草堂》2018年第5期）

张海梅

从盛世为自己定做一场大雨

总在设计，为自己量身定做一场大雨
雨的前身，必定是戴望舒的《雨巷》

老屋深藏陶俑 玉器和青花瓷
这出土的无价之宝
频频被空气氧化 侵蚀

风 有时在旋转
我逆风而行 时光倒流

在盛世定做一场人工降雨
持续的高温突然降到了瑟瑟发抖
便落英纷纷

把六月命名为雨季
让梅朵绽放在寒冬
一半是水 一半是泪
冲洗着渐渐愈合的苍凉

（选自微信公众号《一日一诗》2018年10月2日）

张 静

第二十五个节气

至清明，茔上长出新草
供桌上的酒盏装满昨夜的星辰

小满正好
人间的悲剧长成漫山遍野的苦菜
供养饥饿的时光

大暑日长，端坐而无为
心田早稻已逝，晚稻不插

露白蝉寒
玄鸟已归途，伊人何在？

冬至数九
最长的黑夜和最短的白昼相爱

（选自《诗潮》2018年第12期）

张巧慧

谒弘一法师圆寂处

七十五年后。门虚掩
门口有泉州三院的搬迁公告
微热

晚清室,三间平房,玻璃碎片
荒芜处最常见的杂物间。
看不出,哪张是你临终闭目的床

悲欣交集
曾经的朱熹过化处,后来的弘一圆寂处
再后来的精神病院
 "每次穿过住院部都听到格格的笑声"
 "二楼铁窗后,有伸出的手"
这种描述,

现在是空的。舍利塔和精神病院
都迁走了
屋前,熟透的杨桃落了一地

雪后过九龙湖

较之楼宇，我更爱山水，
爱雪后的山水

山更清晰一点
水更深一点
雪覆盖的部分，像宋画的留白

较之喧嚣，我更爱空寂
落地窗外，深黛的树木越发沉静

我是这样想的：把自然还给自然
把美还给美

雪后的九龙湖，几只鸟从楼顶飞过
飞往群山深处

（以上两首选自《诗刊》2018年11月上半月刊）

张伟锋

黑色的十二月

一年和另一年没有什么不同
都是十二个时光片段组合。而今年
前面一帆风顺之后,第十二个月
骤然变得漆黑

他在茫茫无边的原野陷入疾病
陷入陌生的情绪表达。而她,从异地奔波而来
距离使人疲倦
起早晚睡的侍奉,啜饮着她的气息

她丢掉了许多命运给予的灵与肉。她想病
而且从此不醒;她想哭,而且泪流成河……

黑色的十二月,漫山遍野里生长的是黑色的石头
两个石头,再或者更多的石头
是否能够挤出温度。我这个彻彻底底的局外人
隔岸观火,莫名担心……

年轮给出密密麻麻的积淀,也取走了很多
习以为常的生活零件。黑色的十二月里
我想和内心阴郁的人一起忧伤,一起绝望

但最终还是制止了自己,接受无法抗拒的安排
毕竟,顺其自然也没有什么不好

(选自微信公众号《诗歌岛》2018年12月1日)

张雁超

没有无辜者

这一刻是你的,也是你
之外的一切,共同拥有的
那山上的庙宇是众人的
也是一粒尘埃的,也是一只飞鸟的
遍布大地的厄运和悲伤
是我的,也是你的
我发现这无限螺旋的循环:
在你左右蚂蚁,肆意排布弱者命运时
你亦在更强者的股掌之间
一片草叶就是人间的底片
今天我承受的侮辱,明天你会得到
现在我所领悟的,昨天从你手中滑落
这短见的人类,是你的,也是我的

雨落草木

雨落在草木上,声响便有唰唰的弹性
这其中有雨滴侧身而过的避让,也有
有草木接纳雨滴的拥抱和分离
雨仅仅是指水滴奔跑的状态
奔跑停止,则归于水,即灭失
雨来,叶子会欠身腰弯去承受

挽留不住的急速坠落,令雨减速
延长一滴雨的生命,真如成佛之心
像你活在这世界,时光消解着你
但情爱让你缓慢,人与人相互挽留
我们弯腰和欠身,有亲人和爱人

(以上两首选自《解放军文艺》2018年第11期)

张远伦

瓦事

假如你发现
一片青瓦覆盖另一片青瓦
太死了,一定要将上面那片
挪一挪。这细微的改变
将为炊烟打开出路
而我父亲,特意揭开的瓦片
不要去碰它。那是
为我的堂屋留出光芒
照到的,是神龛上的牌位
在我的村庄
让出一片瓦,就会
亮出一个安详的先祖来
保持着树木的肃穆
和天堂的反光

我有菜青虫般的一生

那附在菜叶的背脊上,站在这个世界的反面
小小的口器颇有微词的,隐居者
多么像我。仰着头,一点一点地
咬出一个小洞,看天

给女儿讲讲北斗七星

北斗七星不是北极星
北斗七星是七颗星

有四颗星很坚实,它们组成方斗
像在打谷

有三颗星很柔软,它们形成簸席
像在挡谷

北极星是孤星,再亮也没有意思
北斗七星是群星,暗淡一点也没关系

它们先是倒扣在天幕,而后每天倾斜一点
仿佛有无形的力,将群星慢慢扶正

稻子熟透的时候,北斗七星
终于稳稳坐实在深邃的夜空

上天布满了预言,所以我们仰望
女儿,有时候,要相信轮回

(以上三首选自《人民文学》2018 年第 2 期)

张执浩

祭父诗

一般来说,树有多高
它的根须就有多长
有时候你无法想象
落日在离开你之后变成了
谁脸上的朝阳
地平线由远及近
黑暗中的事物越复杂越集中
父亲挖的树兜歪靠在树坑旁
斩断的根须仍然在抽搐

抹香鲸在睡觉

我第一次看见抹香鲸在睡觉
一根千年古木倒插
在大海深处
大海在睡觉
我第一次被一个庞然大物的睡姿
感动了——它漂浮
在蔚蓝的梦境里
像婴儿一般漂浮
在母亲的子宫中
阳光从高处插下来

像栅栏维护着抹香鲸
漆黑的身躯
这透明的黑暗
让整座大海忽远忽近

夜晚的习惯

我至今还保持着
用热水烫脚的习惯
只是木盆换成了电热桶
当我做这件事的时候
一天已近尾声
我把双脚伸进热水
就想起当年的那些夜晚
我被母亲摁在木盆边
若是水太烫了
我就大喊大叫
小个子的母亲像犯了错一样
忙不迭地跑到水缸旁
抓起木瓢
舀一勺凉水倒进盆中
我想起她
总是仰头望着我
边兑水边用手搅拌着
从前我总是先洗左脚
把右脚搭在她的膝盖上
不像现在,我总是默默地
把双脚同时伸进去
再同时抽出来

(以上三首选自《星星》2018 年第 8 期)

赵思运

遗言

他们一个劲地让我吃
让我吃各种各样的粮食
有荞麦黄豆绿豆红豆
有各种配方
他们让我快快地长
长很多很多肉
他们明天就要把我送到
屠宰场了
我从来都没有见到过大草原
我不知道什么叫辽阔与苍茫
作为一头牛
我甚至一辈子都没有见过
一棵草

（选自《青春》2018 年第 1 期）

凤莲传

赵凤莲
生于 1957 年
郓城县王营村人
三岁前没见过馒头

吃的全是地瓜叶槐树叶萋萋芽
最好吃的是嫩麦苗
饿急了就哭着要苗苗
她娘不知道在哪里找来一条长虫
缠在腰里
用力把它捋死
偷偷拿到大队食堂里
烤熟后
一缕黄黄的香气搭在凤莲的肩膀上
回到家里
三口人
一人一截
大快朵颐

罗善学传

我已经七十多岁了
我没上过学
谈了六个姑娘
有的姑娘非常喜欢我
但是他们家里都不同意
三十六岁的时候
我决定不娶女人了
就看一辈子牛
从小到大
不断有人在我背后指指点点
说我妈还是小姑娘的时候
被日本鬼子拉走
曾经住在日本兵房里
后来
村里人都骂我是日本人
我同母异父的兄弟

把我关在家里
天天咆哮着
"我要杀了你这个日本人
我要杀了你这个日本人"
我养了一只小猫
很可爱
冬天生着火
小猫扑腾着玩
我想
等我老了
连个端水的人都没有
我就喝农药死了

（以上两首选自《草堂》2018年第3期）

赵亚东

丢失的马匹独自返回家中

我们在起伏的苇塘里割草,绿色的草浆
在刀背上流淌。远处的黄河闪着谦逊的光芒
照亮了父亲的刀锋

的确是最好的时辰,当我们把青草运回家中
丢失的马匹独自回到长满向日葵的院落
它曾走过一条幽暗的小路,绕过黄河边的枯坟

现在它嚼着新铡的夜草,牙齿间发出深沉的回响
那是世间最动听的声音……
我的母亲,此刻守在它身旁,不停地哭

父亲从薄雾中抬起头来

黄河的波涛是金子打造的
天空中飞翔的白鹳是银子打造的

三只白鹳,朝着三个方向祈祷
在这世上,除了我和黄河
还有谁知道它们的存在

当它们凝神大海上的风暴

河流上升起蔚蓝色的雾

我的父亲,在此时
穿好黑色的小褂,叼着弯曲的烟斗
从那薄雾中,慢慢抬起头来……

(以上两首选自诗合集《大河之舞》,
北京日报出版社 2018 年 10 月版)

郑仁光

制陶的女人

撮起一坨泥巴,捏出
一张嘴的形状,她称为器

她没有迷途,却请
一个男人指路。怎样
让一坨死泥惊醒

递过来的茶水里,有一张
看不见的嘴。喝下去
就在你的体内悄悄说话

接受杯子的,也是一张嘴
器皿,盛下看不见的魂和灵
帮助我们消化迷失的肉身

它和她,都是暂时的保管者。
这些泥土,反复捶打
破开、揉搓。不经火烧
总能恢复人形

杯子空着的时候
也盛放风声和鸟鸣

(选自《星星》2018年第12期)

鹭

一道黑暗中的话语
因风挣脱地面
被一瞬的闪光固定

共同的命运促请我们
从同一片空气中索取呼吸

它和世界并不互相依靠
除了飞行,远离草茎的絮语
是什么使它弹跳如激动的锋刃
在空气中,一个听不见的声音

它和一座岛互相追逐
眼里只有海水
一次虚构的飞翔
没有打开的盒子,未明的生死

它回到昏睡的星辰底下
——护卫它的黑暗
而辽阔的牢笼正虎视眈眈

(选自《诗歌月刊》2018年第7期)

周庆荣

证词
——给卡夫卡

经历了恐惧之后的活着
说明我们还活着
一切依然是崭新的力量
一切就未被完全摧毁

给痛苦提供的证词
要么使一百年后的天空
更加乌云密布
要么 就是一片野花
永不消逝地开满山坡

人生观

我有午夜散步的习惯
湖水里
不是黑暗包围了残留着少量的光
我于是径直地向右边走去

两排高树
用精湛的艺术深邃了黑夜
不规则的砖石铺就的路面上

我踽踽独行
不是黑暗包围了我
而是我打入了黑暗的内部

(以上两首选自《扬子江》诗刊2018年第5期)

周瑟瑟

畜道

鹧鸪走路的姿势
像我的父亲
沿着田埂
又稳又快
一下就到了土堆
转眼飞上松树枝
人死后
不要再转世为人
更不要成仙
成为一只鸟
或者其他动物
像鹧鸪这样鸣叫
那是父亲在呼喊
我的母亲
母亲走路慢一些
不要紧
暮色降临
你们的世界静悄悄
我站在不远处
看着你们
在月光下闪闪发亮

（选自《草堂》2018年第2期）

白莲

我来到白莲镇
睡在当地一户人家
木床乌黑
挂着白色蚊帐
有一只藕荷色枕头
我希望听到蛙鸣
但它们还没有苏醒
四周静悄悄
我听到了虫子
在窗外树叶上爬动的声响
它们一步步不紧不慢
夜深了
我睡得很深
但还是隐约听到了
屋外的水田里有白莲
从淤泥里探出身子
就像我把头从棉被里探出来
舒服啊
我又一次获得了新生

(选自《诗潮》2018年第8期)

朱 零

牧羊人的歌唱

马群、羊群和牛群
它们按照不同的调门
各自在雪原上歌唱

牧羊人不仅仅牧羊
他还有马群和牛群
牧羊人有牧羊人的调门

牛、马和羊
都是成群的
唯有牧羊人是孤单的
牛、马和羊的歌唱
都有回声、和声与合唱
唯有牧羊人的哼唱
像单调的呜咽
惆怅，大部分时候
还不着调

雪原上时而嘈杂
时而孤寂
一匹马猛然间的一个响鼻

惊飞一堆雪花

起风了
那些牛羊、马匹
以及牧羊人
被缥缈的雪花淹没
似乎刚才的一幕
未曾发生

俯瞰

在雪原上
我一直对着这群牛羊
发感慨，抒情，深思
替它们的命运担忧
为它们终日觅食
最终却逃不出宿命
而哀叹

当我转过身来
身后空无一人，大地空茫
此刻
如果有人在另一座山岗上
向我这儿眺望
他是不是也会
把我与羊群混为一谈
在心里赞美我
为我抒情，替我的命运
担忧

当上帝俯瞰人类

一切都不值一谈
当我们俯瞰万物
嘴里却喋喋不休

(选自《花城》2018年第5期)

祝立根

在凤羽

山是小山,一阵春风就将我送至山顶
墓是小墓,仅够容身
也不显出死亡的恐惧,野花
也小,小如衣襟上的针脚
寺也是小寺,住在里面的菩萨
笑容可掬,庇佑的乡镇也很小
几朵闲云就能盖住
在这儿,用不着问路
也没有那么多的悬崖和荆棘
我也乐意做一个小地方的自己
安静、清澈,就像山下的小湖
你一眼就能看见,我胸膛里的
倒影和蓝天

在西区

这一段,小叶榕浓荫覆盖的支流
有宿舍楼如峡谷
适披发、放舟,一个人散步
茭菱路外面就是滚滚的人世下游
人民西路的梧桐,如一只只枯骨之手
在加工着落叶,抛洒着落叶

那一带，适梦游、发狂
在轰隆隆的落日里，订一桌无人会来的火锅
每次经过一二一大街，他都会独自抽烟
悄悄向自己问好，"你还好吗？"
那儿的香樟，枯叶总是和新叶一起长出
就像在西区，光阴没收了他的理想主义
又送给了他灰烬里的无边现实
……唯一不变的，是那些随拆迁去来的
灯火明灭的小酒馆，它们一直为他保留着
他最后的剧目：那种一生不变的
夫妻肺片、油煎排骨……

（以上两首选自《边疆文学》2018年第9期）

庄 凌

哑巴

儿时的梦想是做个新闻播音员
我努力练声,学好普通话
把说话当作一门艺术
说着说着,泥土就开花了
说着说着,天空就落泪了
但我仍然不会编造不着边际的故事
仍然无法打动一个虚伪的人

今天,赞美的话不想说太多了
抱歉的话也不想说太多了
人群中我越来越沉默寡言
越来越像个哑巴

我的堂姐一出生就被命运
剥夺了说话的权利
却被月亮爱着

活着

她身材瘦弱,皮肤白皙
有点天生的敏感和抑郁
靠在沙发上像一颗未熟的苹果

修长的脖子被灯影爱过更性感了几分
她却说自己从来没有年轻过
父亲是位学贯中西的老教授
从小教她读四书五经
老公是位有才情的画家
画过山水也画过裸体
却要她牢记三从四德
如今,她不知自己的年龄
是三十多岁还是三千多岁

(以上两首选自《中国诗歌》2018年第1卷)

卓铁锋

黑雨速写

我不怕黑。每至夜间,要很晚才能睡下
特别渴望这时有一场雨
下成蓝色,像不染尘埃的天空
倘若是红色,就带给人们以温暖吧
还可以是紫色的,荡漾紫罗兰的花香

渴望一场下在后半夜的雨,持续到天明
听雨的时候,我的世界才能保持安静

昨晚下了一夜雨。并非缘于渴望
自午夜出发,直抵清晨。天明
不见光明,黑色的世界里众生仿佛幽灵
唯一还能辨识的
是无数漂浮的白眼

孪生者自述

灯下对视的人,并没有
共同的语言。
此时,我能看清他耳轮边缘
奶白色的绒毛,相似的黑发和表情。

如果我不是我,他还是他。除了
这具一开始就共用的肉身
——连体婴儿不可融合的两个世界
分别有独立的精彩。

面对他时总感到羞愧,缘于
我霸占了共有的王位。
始终怀疑我是否是他与生俱来的代言人
因为每次眨眼,仿佛孤独的告别。

(以上两首选自《扬子江诗刊》2018年第3期)

左 右

野葡萄

你曾说,葡萄是个好东西。葡萄的肉体
那么多,糖和酸,铁与钙,正是你
身体里所欠缺的……它与我,共同构成
太阳的阴晴,夜晚和你,彼此的圆缺

这么多年,你不爱喝葡萄酒
吃葡萄不吐葡萄皮。这么多年
你不爱运动,一直缺铁与钙
直到牙齿开始老掉
你闻见了血,葡萄的汁液

你曾说,想吃山上的野葡萄。说完这一句
嘴里酸酸的,眼睛酸酸的
亲爱的,我的心里,也有一股潜伏的人生
它们的味道,和葡萄一样
是冰与火,混合的糖果

你曾说,我是一只偷吃葡萄的狐狸
那么好……我情愿自己
在你,弯弯曲曲的命里,它可以四处奔跑
它流到哪儿,哪儿就会变软,变酸
甚至变成你身体里所欠的
铁与钙

秋日的果酱

是时候了,我们一跃而起
把暖阳的重心,一寸寸铺在脚下

秋风掠过荒原。敌人携手秋天
悄无声息,将眼前最后的金黄果酱
掠走了。噗哒噗哒的心
——也被掠走

灰尘迷了眼。当我掠空而起
所有不经意的挣扎,成为别人
以及我的孩子——余留在空中
最后一眼黄金的绝唱……

(以上两首选自《绿风》2018 年第 4 期)

图书在版编目（CIP）数据

2018 诗歌年选 / 张清华, 王士强编. —— 南京：江苏凤凰文艺出版社, 2019.4
ISBN 978-7-5594-3487-6

Ⅰ.①2… Ⅱ.①张…②王… Ⅲ.①诗集–中国–当代 Ⅳ.①I227

中国版本图书馆 CIP 数据核字（2019）第 055898 号

2018 诗歌年选

张清华　王士强　编

责任编辑	张　倩　王　青
装帧设计	刘　俊　石晓云
责任印制	刘　巍
出版发行	江苏凤凰文艺出版社
	南京市中央路 165 号，邮编：210009
网　　址	http://www.jswenyi.com
印　　刷	江苏南京台城印务有限责任公司
开　　本	880×1230 毫米　1/32
印　　张	12.25
字　　数	190 千字
版　　次	2019 年 4 月第 1 版　2019 年 4 月第 1 次印刷
书　　号	ISBN 978 - 7 - 5594 - 3487 - 6
定　　价	49.80 元

江苏凤凰文艺版图书凡印刷、装订错误可随时向承印厂调换